LYNNE WILDING

# Der Glücksbringer

*Buch*

Als der irische Juwelier Liam Westaway 1901 eine Topas-Brosche für Corinne O'Mara entwirft, die Frau, die er über alles in der Welt liebt, ist ihm nicht klar, wie sehr dies sein Leben verändern wird. Denn seine Mutter Rosemary, in deren Adern Zigeunerblut fließt, hat einen Zauber auf die Brosche gelegt – wer sie trägt, wird die wahre Liebe finden.

Aber Corinnes Vater Patrick O'Mara findet die Wahl seiner Tochter nicht standesgemäß. Er verheiratet sie gegen ihren Willen, lässt Liam entführen und nach Australien deportieren. Dort baut er sich zwar ein neues Leben auf, aber er kann Corinne niemals vergessen. Und doch trennt er sich von der Brosche. Im Lauf der Jahre wird sie verkauft, geht verloren und wird wiedergefunden, und Generationen von Liebenden werden durch sie getrennt und wieder vereint. Doch erst als am Ende wieder zwei Liebende durch sie das Glück finden, hat sich der Kreis geschlossen – denn es ist Liams Enkelin Linda, die der Stimme ihres Herzens folgt…

*Autorin*

Lynne Wilding, in Sydney geboren, hielt sich erst mit den unterschiedlichsten Jobs über Wasser – u.a. war sie unter dem Namen Linda Gaye als Cabaret-Sängerin erfolgreich –, bis sie in den Achtzigerjahren ihr Talent fürs Schreiben entdeckte. Seither veröffentlichte sie einen Bestseller nach dem anderen, wird in Australien als die Königin der großen Sagas gefeiert und für ihre Romane immer wieder ausgezeichnet. Die Gründungspräsidentin und treibende Kraft der »Romance Writers of Australia« verstarb im Juni 2007.

*Von Lynne Wilding bei Blanvalet bereits erschienen:*

Das Herz der roten Erde (36330)
Land meiner Sehnsucht (36329)
Das Lied der roten Steine (36331)
Pfad deiner Träume (36301)
Sehnsucht nach Cane Valley (36340)
Im Tal der roten Sonne (36923)

Lynne Wilding

# Der Glücksbringer

Roman

blanvalet
AVENUE

Die Originalausgabe erschien 2005 unter dem Titel
»The Topaz Brooch« als Woman's Day Book bei
ACP Publishing Pty Ltd, Sydney, Australien.

FSC
Mix
Produktgruppe aus vorbildlich
bewirtschafteten Wäldern und
anderen kontrollierten Herkünften

Zert.-Nr. SGS-COC-1940
www.fsc.org
© 1996 Forest Stewardship Council

Verlagsgruppe Random House FSC-DEU-0100
Das für dieses Buch verwendete FSC-zertifizierte Papier
*Holmen Book Cream* liefert Holmen Paper, Hallstavik, Schweden.

1. Auflage
Deutsche Erstausgabe Januar 2009 bei Blanvalet,
einem Unternehmen der Verlagsgruppe
Random House GmbH, München

Published by Arrangement with John Edward Gumbley
Dieses Werk wurde vermittelt durch die Literarische Agentur
Thomas Schlück GmbH, 30827 Garbsen.

Umschlaggestaltung: HildenDesign, München
Umschlagbild: © Andrea Barth unter Verwendung
eines Motivs von Katrina Outland / Shutterstock
Redaktion: Thomas Paffen
TKL/lf · Herstellung: RF
Satz: Uhl + Massopust, Aalen
Druck und Einband: GGP Media GmbH, Pößneck
Printed in Germany
ISBN: 978-3-442-37110-5

www.blanvalet.de

# 1

*Kilbricken in der Grafschaft Offaly*
*Irland 1901*

Jemand klopfte zaghaft an die Hintertür des Cottages. Rosemary, die am Feuer stand und in einem Kessel mit Kaninchenragout rührte, lächelte nachsichtig. Wann immer gegen Abend an die Tür zum rückwärtigen Eingang geklopft wurde, gleich neben der Werkstatt ihres Sohnes, klang es zögernd und geradezu behutsam. Als wäre sich der heimliche Besucher noch unschlüssig, ob er auch wirklich zu ihr wollte. Sie wischte sich die Hände an einem Leinentuch ab und stapfte über die binsengeflochtenen Bodenmatten. Wer mochte das sein? Aha, draußen stand die junge Libby Tomlins in Begleitung ihrer Mutter.

»Na, was hast du denn auf dem Herzen, Libby?«, fragte sie ohne Umschweife. »Kann ich irgendwas für dich tun?«

»Mmmmh, ich könnt eins von deinen Zaubermitteln gebrauchen, Rosemary. Ich versuch jetzt seit gut zwei Jahren, ein Baby zu kriegen, aber es klappt einfach nicht. Will und ich strengen uns wirklich ganz doll an«, kicherte die junge Frau. »Du weißt schon, was ich damit meine, nich?«

Rosemary nickte. Sie wusste auch genau, was Libby brauchte. »Ich zünde eben die Gaslaterne an. Kommt nach hinten in meine Kräuterkammer.«

Was Rosemary als ihre Kräuterkammer bezeichnete, war ein fensterloser Verschlag mit einem undichten Dach, der sich an eine alte Backsteinmauer schmiegte, mit grob gezimmerten Holzwänden und einer Tür, die dringend einen neuen Anstrich gebraucht hätte. Das Schloss fehlte, aber das war ohnehin völlig überflüssig. Keiner im Dorf hätte es gewagt, ungebeten Rosemarys Allerheiligstes zu betreten. Einmal, kurz nachdem Jerome Westaway seine junge Braut heimgeführt hatte, hatte Ned Kilcare, ein übermütiger junger Kerl, sich dort hineingeschlichen und war erwischt worden. Am nächsten Tag war er an den Pocken erkrankt und dem Tod gerade noch einmal von der Schippe gesprungen. Seitdem munkelten die Dorfbewohner und die Bauern in der Gegend, dass Rosemary Westaway eine weise Frau sei. Als Halbzigeunerin hatte sie von ihren Vorfahren Rezepte für Zaubertränke überliefert bekommen und kannte Amulette und Glücksbringer, Verwünschungen und Beschwörungen. Folglich hielten sich die Dorfbewohner von ihrer »Hexenküche« fern.

»Ich warte besser draußen«, erklärte Libbys Mutter und zog fröstelnd den Mantel fester um ihre Schultern.

»Komm ruhig mit rein, hier draußen ist es ungemütlich kalt«, bot Rosemary ihr an und zuckte gleichgültig mit den Schultern, als die Frau hartnäckig den Kopf schüttelte.

Ihre Tochter Libby verharrte zunächst unschlüssig auf der Schwelle, folgte Rosemary dann jedoch ins Innere. Der flackernde Laternenschein warf zuckende Schatten auf Töpfe und Tiegel, die in unterschiedlichen Größen und Formen auf Borden aufgereiht standen, auf malerisch gebundene Kräutersträuße und Knoblauchzöpfe, die von den Holzbalken zum Trocknen herabhingen, tauchte Keramikmörser und Stößel in ein gespenstisch diffuses Licht.

»Ich misch dir eben was Frisches zusammen. Es geht ganz schnell. Setz dich so lange da auf den Schemel, Libby.«

Die Augen in einer Mischung aus Furcht und Faszination geweitet, beobachtete das junge Mädchen, wie die Zigeunerin konzentriert zu Werke ging. Eigentümliche Gerüche erfüllten den Schuppen, während sie Deckel von Tiegeln hob und eine Prise von diesem, eine Hand voll von jenem sowie einen Spritzer von einer dunklen, unangenehm in der Nase stechenden Flüssigkeit auf ein sauberes Läppchen gab. Als sie damit fertig war, band sie das Tuch mit einem Zwirnfaden zusammen und rollte den Inhalt zwischen ihren Handflächen, derweil sie etwas in einer Sprache flüsterte, die Libby noch nie gehört hatte.

»Da, fertig.« Lächelnd drückte Rosemary ihr das Beutelchen in die Hand. »Du musst es unter deine Matratze legen – und um Himmels willen kein Wort zu Will. Männer verstehen so was nicht. Und bevor ihr euch liebt«, sie beobachtete, wie Libby errötete, »denk an den Glücksbringer und wie wunderschön es sein wird, wenn du erst dein Baby in den Armen wiegen kannst.«

»Und… und hilft dieser Talisman denn auch wirklich?«

Rosemarys Augen brannten sich in die ihren. »Mit diesem Zaubermittel hat es schon bei etlichen Frauen im Dorf geklappt. Wenn du aber an seiner Kraft zweifelst, dann geht dein Wunsch nicht in Erfüllung.«

»Doch, doch, ich glaub ganz fest dran, Rosemary«,

beteuerte Libby. Sie drückte der Zigeunerin einige Münzen in die wartend geöffnete Handfläche. »Ich wünsch mir so sehr ein Kind. Das ist mein sehnlichster Wunsch im Leben.«

Liam Westaway legte die winzige Pinzette auf die Werkbank zurück und rieb sich die müden Augen. Es war Abend, und die winterliche Kälte drang durch sämtliche Ritzen der kleinen Werkstatt, wo er Uhren reparierte und Schmuckstücke fertigte. Er knöpfte sich die dicke Wolljacke bis zum Hals zu und stampfte mit den Füßen am Boden auf, um die Kälte aus den Gliedern zu verscheuchen.

Zum Glück war es noch rechtzeitig fertig geworden, seufzte er zufrieden. Er rückte die kleine Gaslampe ein wenig näher zu sich heran und betrachtete das Schmuckstück von allen Seiten, woraufhin der geschliffene Topas in der filigranen Silberfassung aufblitzte, die so fein gearbeitet war wie das Stück Brüsseler Spitze, das er sich zum Muster genommen hatte. Er hätte zwar viel lieber achtzehnkarätiges Gold verwendet, aber das war wegen der Burenkriege in Südafrika unerschwinglich teuer geworden.

Es war das schönste Schmuckstück, das er je gefertigt hatte. Wie zur Bekräftigung nickte er. Eine Brosche für die Frau, die er liebte. Ein Geburtstagsgeschenk als Pfand für seine große Liebe. Bei dem Gedanken an Corinne O'Mara umspielte ein Lächeln seine Mundwinkel. Ihre langen lockigen Haare waren goldbraun und weich fließend wie Honig, ihr Teint zart wie die cremefarbene Seide, die er in Shaugnessys' Stoffgeschäft gesehen hatte, und ihre Augen – war es ein Wunder, dass sie mit dem Topas um die Wette funkelten? Nein, genau diese Ähnlichkeit hatte ihn nämlich dazu bewogen, den prachtvollen Stein auf einer Edelsteinbörse zu kaufen, als er das letzte Mal in Dublin gewesen war.

Leises Schlurfen, gefolgt von dem notorischen Ächzen der altersschwachen Türscharniere signalisierte ihm, dass seine Mutter im Anmarsch war.

»Und, ist sie fertig?«, wollte Rosemary Westaway wissen. Elfenhaft klein und schmächtig, musste sie sich auf Zehenspitzen stellen, um ihrem Sohn über die Schulter schauen und das eben fertig gestellte Schmuckstück bewundern zu können.

»Ja, Ma. Und ich finde, es ist meine schönste Kreation.«

»Das ist es zweifellos, mein Junge. Und mit viel Liebe gemacht.« Rosemary nahm ihm die Brosche aus der Hand. »Sie ist wunderschön, Liam.« Ihre Augen strahlten voller Bewunderung über die Begabung ihres Sohnes. Ich möchte, dass du auf der Rückseite etwas eingravierst. Hier.« Sie fischte ein Stück Papier aus ihrer Schürzentasche, legte es auf die Arbeitsfläche und glättete es umständlich mit dem Handballen. »Es ist ein Zauberspruch, und er wird der Trägerin«, sie stockte, »Glück bringen. Schreibe ihn genau so, wie er hier steht, sonst wirkt er nicht.«

»Ma, du weißt genau, dass ich nicht an solchen Hokuspokus glaube.« Ihr Sohn blickte auf die Worte in gälischer Sprache.

Rosemary musterte ihn scharf. Seiner Statur nach hätte man bei Liam eher auf einen Bauern als auf einen Goldschmied getippt. Er war jetzt neunzehn, ein attraktiver junger Mann mit schwarzen Locken, grünen Augen und dem olivfarbenen Teint, den er von der Seite ihrer Familie geerbt hatte. Silberne und goldene Reifen klirrten leise an ihrem Handgelenk, als sie warnend den Zeigefinger hob: »Du magst dich zwar noch darüber lustig machen, aber eines Tages wirst du das anders sehen, mein Junge.« Sie legte abwartend den Kopf schief. »Und, tust du mir jetzt den Gefallen?«

Trotz ihrer zarten, unscheinbaren Statur besaß Rosemary Westaway ungeahnte Präsenz und einen eisernen Willen, weshalb ihr die Dorfbewohner genau das entgegenbrachten, worauf sie am meisten Wert legte: Respekt. Immerhin ging das Gerücht, dass Rosemary gewiss ihre Finger im Spiel hätte, wenn die Kühe plötzlich keine Milch mehr gaben oder Frauen unfruchtbar blieben.

Ihre Stimme duldete wie üblich keinen Widerspruch, und Liam nickte. Es war bei Weitem bequemer, ihren Wünschen nachzugeben, zumal sie ohnedies keine Ruhe geben würde. Sein Pa, Jerome Westaway, Gott sei seiner Seele gnädig, war ein duldsamer, verständnisvoller Mann gewesen. Er hatte sich damals den kleinen Liam vorgeknöpft und ihm erklärt, dass er die Mutter gewähren lassen und ihr nachgeben solle – es sei ja nicht oft, dass sie auf irgendetwas beharre –, damit der Haussegen niemals schiefhänge.

»Ich mach es morgen früh bei Tageslicht.«

»Gut. Dann komm.« Sie zupfte an seinem wärmenden Überzieher. »Das Abendessen ist fertig.«

Der Markttag auf dem Dorfplatz fiel zufällig auf das Datum von Lady Corinne O'Maras Geburtstag. Im Ort drängten sich die Farmer aus der Umgebung, Mühlenknechte und Minenarbeiter sowie deren Frauen, die die angebotenen Waren inspizierten und auf ein preiswertes Schnäppchen hofften. An solchen Tagen mutete der

Dorfplatz direkt festlich an, mit bunt geschmückten Marktständen, an denen alles nur Erdenkliche zum Kaufen und Handeln feilgeboten wurde. Den ganzen Morgen über saß Liam an seinem Ladenfenster und fieberte darauf, einen Blick auf die Kutsche des Earl of Bonham zu erhaschen. Der Earl würde in Begleitung seiner Tochter Corinne sein. Nach dem Mittagessen war der junge Mann mit ihr hinter dem *Fox in the Hollow* verabredet, obschon ihm eine solche Heimlichtuerei beileibe nicht behagte. Die Idee war auch nicht auf seinem Mist gewachsen, sondern stammte von Corinne. Das sonst so couragierte, selbstbewusste Mädchen schien skeptisch, dass ihr Vater ihrer Beziehung auf die Schliche kommen und versuchen könnte, sie auseinanderzubringen.

Solange Liam sich entsinnen konnte, hatte er für die Grafentochter geschwärmt. Angefangen hatte es in der Schule, als sie Lesen und Schreiben gelernt hatten. Schon als achtjähriger Knirps fühlte er sich zu dem bezaubernd hübschen Mädchen hingezogen; eine Dumme-Schuljungen-Liebelei, die selbst dann nicht geendet hatte, als ihr Vater ihr Privatunterricht hatte erteilen lassen. Sonntags, in der Messe in der katholischen Kirche St. Finbar's, hatte er aus der Ferne bewundert, wie sie zu einer reizenden jungen Dame heranwuchs. Im letzten Sommer, auf dem Herbstfest im Dorf, hatten sie stundenlang miteinander getanzt, was ihrem Bruder, Lord Edward, gottlob gar nicht aufgefallen war. Später hatten sie einander in der Scheune neben dem Wirtshaus umarmt und geküsst, und Corinne hatte darauf gedrängt, dass sie sich heimlich treffen sollten. Aus ihrer anfänglichen Zuneigung war Liebe geworden.

Zu diesem Zeitpunkt hätte Liam zu allem Ja und

Amen gesagt, nur um bei ihr sein zu können, aber nach dem langen bitterkalten Winter hatte er die heimlichen Rendezvous restlos satt. Alle sollten erfahren, dass er Corinne liebte und dass sie seine Gefühle erwiderte. Und heute war es endlich so weit. Seine linke Hand glitt in die Jackentasche und ertastete das Stückchen Samt, worin die Brosche eingeschlagen war. Er spielte nervös an seiner Krawatte herum. Das einengende Gefühl war störend, denn er war es nicht gewöhnt, formelle Kleidung zu tragen.

Heute, an ihrem achtzehnten Geburtstag, hatte er sich fest vorgenommen, Corinne einen Heiratsantrag zu machen, und wenn sie ihn erhörte, würde er ihr einen hinreißend schönen Verlobungsring arbeiten. Bei der Vorstellung erhellte ein Lächeln seine ernsten Züge. Er war zwar nicht reich, hatte aber ein gutes Einkommen, das ihnen ein angenehmes Leben ermöglichen würde – wenn auch nicht so luxuriös wie in Bonham Hall. Er reckte den Kopf, als er den eleganten schwarzen Zweispänner gewahrte. Wie schön, sie saß in der Kutsche! Sein Herz raste vor Glück. Jetzt musste er nur noch warten, bis sie und ihr Vater in dem Gasthaus gegessen hatten. Nachher – zum Glück war der Earl ein Mann mit festen Gewohnheiten – würde Lord Patrick sich mit Richter Portman und Dr. Lucius Flynn, beides Freunde von ihm, in das Raucherzimmer zurückziehen und bei Brandy und Zigarre entspannen. Dann durfte Corinne bis zum Spätnachmittag über den Markt schlendern. Was der Earl indes nicht wusste, war, dass sie ihrer jungen Zofe freigeben würde, damit diese sie nicht verpetzte.

Corinne genoss die ersten Sonnenstrahlen, eine willkommene Abwechslung nach der winterlichen Kälte.

Nachdem sie ihrem Vater zum Abschied hastig einen Kuss auf die Wange gehaucht hatte, nickte sie dem Richter und dem Arzt lächelnd zu und verließ das Gasthaus. Sie wartete neben der Grenzmarkierung von Farmer Martins Feldern, die frisch gepflügt und eingesät waren.

Den ganzen Morgen, nein, auch schon in der Nacht hatte sie sich auf das Wiedersehen mit Liam gefreut. Dass sie sich heimlich trafen, verstärkte die Empfindungen des jungen Mädchens, die bohrende Sehnsucht, mit ihm zusammen zu sein und sich ihm ganz zu schenken. Plötzlich dachte sie an das Gespräch, das sie nach dem gestrigen Abendbrot mit ihrem Vater geführt hatte, und ihr hübsches Gesicht verdunkelte sich. Der Earl war ein eigenwilliger Kopf, egoistisch, ehrgeizig und erzkonservativ. Trotzdem liebte sie ihn von ganzem Herzen, auch wenn er sich bisweilen wie ein Grobian aufführte. So hatte er sich bitter darüber beklagt, dass sie im letzten Jahr sämtliche Verehrer und Eheaspiranten abgewiesen hatte. Nachdem Edward Beatrice geheiratet und dem Grafen bereits einen Erben geschenkt hatte, war es sonnenklar, dass der Graf seine Tochter ebenfalls unter der Haube wissen wollte. Ein matter Seufzer entwich ihren Lippen. Wie könnte sie jemand anderen als ihren heimlichen Schatz heiraten? Ihr Herz gehörte nun einmal dem attraktiven Liam Westaway mit seiner zärtlichen Stimme und seinem umwerfenden Charme. Alle anderen Verehrer verblassten neben ihm. Sie spähte versunken zum Himmel und gewahrte ein paar einzelne dunkle Wolken, die sich dort oben zusammenballten. Was wohl Liams Mutter dazu sagen würde, wenn sie sich verlobten?

Bevor sie weitergrübeln konnte, wurde sie von hinten gepackt und herumgewirbelt. »Liam«, schalt sie ihren Angreifer scherzhaft. »Du hast mich fast zu Tode erschreckt!«

Er schloss das Mädchen in seine Arme, küsste sie auf Stirn und Wangen. Seine Lippen fanden ihren Mund, besiegelten ihn mit einem ungestümen Kuss. »Grundgütiger, meine schöne Corinne, das wäre das Letzte, was ich wollte!« Sein Grinsen war unwiderstehlich. »Herzlichen Glückwunsch zum Geburtstag, mein Schatz.« Ihr nachsichtiges Lächeln signalisierte ihm, dass sie ihm den stürmischen Überfall verzieh.

»Wohin gehen wir?«

Er überlegte für einen kurzen Moment. »Wir könnten in die Kirche gehen. Vater Conway nimmt die Beichte erst nach der Vesper ab. Oder in den Mietstall – allerdings hab ich eben gesehen, wie Ben, der Stallknecht, dort verschwunden ist. Vermutlich repariert er Geschirre und Deichseln. Was hältst du davon, wenn wir uns in eure Kutsche setzen und die Blenden runterlassen?« Er zwinkerte ihr verschwörerisch zu.

Obwohl sie wusste, dass sein Vorschlag nicht ganz ernst gemeint war, sprühten ihre braunen Augen vor Begeisterung über seinen verwegenen Einfall. »Was ist mit der Brücke unten am Fluss? Wir könnten uns dort auf die Bank setzen. Da ist es bestimmt schön sonnig.«

Er küsste sie erneut, zärtlich und lange. »Klingt verlockend.«

Corinne löste sich aus seiner Umarmung und lief vorsichtshalber allein durch das Dorf. Sobald sie sich unbeobachtet wähnten, gesellte Liam sich wieder zu ihr, und sie schlenderten händchenhaltend zum Fluss hinunter, wo eine verwitterte Holzbank stand.

Liam konnte es kaum erwarten, Corinne sein Geschenk zu überreichen. Kaum saßen sie, da fischte er das Stoffpäckchen aus seiner Jackentasche und gab es ihr in die Hand. »Für dich, zum Geburtstag«, verkündete er.

Sie öffnete geradezu andächtig das Stückchen dunkelblauen Samt und enthüllte die Brosche. »Oh!«, staunte sie. Und atmete tief ein. »O Liam, sie ist wunderschön! Du hast sie selbst entworfen, nicht wahr?«

Er grinste. »Extra für dich. Gefällt sie dir?«

Sie strahlte, ihre Augen glänzten. »Ich liebe sie. Dieser faszinierende Stein, die Farbe ist sehr ungewöhnlich.«

»Das ist ein Topas. Er harmoniert mit der Farbe deiner Augen.« Er nahm die Brosche und drehte sie auf die Rückseite. »Ma wollte unbedingt, dass ich einen ihrer Zaubersprüche eingraviere. Zum Glück war genug Platz. Sie meint, du sollst mit dem Zeigefinger die Worte berühren, bevor du sie trägst.« Corinne hing an seinen Lippen. »Komm, ich steck sie dir an.«

»Ich werde sie immer tragen«, versprach das Mädchen feierlich.

Er wurde ernst. »Eigentlich wollte ich dir etwas anderes zum Geburtstag geschenken. Ich hätte dir lieber …« Er hielt inne und setzte stirnrunzelnd hinzu: »Ich hätte dir viel lieber einen Ring geschenkt. Einen Verlobungsring.« Seine Hände drückten zärtlich die ihren. »Ich liebe dich, Corinne. Ich habe dich immer geliebt. Willst du mich heiraten?«

# 2

Ja, Liam, es ist mein sehnlichster Wunsch«, wisperte sie. Sie träumte seit Monaten von diesem Augenblick, hatte ihn sich unterbewusst in glühenden Farben ausgemalt. Ihr schwindelte vor Glück. Liam liebte sie, und sie liebte ihn. Sie würden ein Paar werden und für immer zusammenbleiben. Plötzlich schoben sich dunkle Wolken vor die Sonne, tauchten die Bank und den Strom in kühlen Schatten. Corinne schauderte unwillkürlich. O Schreck, ihr Vater! Patrick O'Mara würde dieser Verbindung sicher nicht zustimmen. Er hatte mit wachsendem Unmut beobachtet, wie sie die Avancen des Ehrenwerten Randolph Swayne, eines stämmigen Generals im Ruhestand und seines Zeichens Sir Elroy O'Connell von Larne Hill, abgeschmettert hatte. Daniel O'Donnell, ein reicher Bankierssohn aus Waterford, hatte vor ihrem kritischen Auge ebenfalls keine Gnade gefunden. Nichtsdestotrotz würde ihr Vater es niemals billigen, dass sie einen einfachen Bürgerlichen zum Mann nahm. Als solchen bezeichnete er Liam nämlich, und das warf nach seinem Dafürhalten einen Schatten auf den stolzen Namen O'Mara. Zumal ihr Bruder eine wohlhabende Industriellentochter aus einflussreicher Familie geheiratet hatte. Sie spähte zu dem Mann hinüber, den sie abgöttisch liebte. Was sollten sie bloß machen?

»Du weißt, dass Vater das niemals erlauben wird«, murmelte sie niedergeschlagen.

»Ach, komm schon, Kopf hoch. Ich werde mit ihm reden. Wenn er erfährt, wie ernst es uns damit ist, wird er nachgeben«, versetzte Liam im Brustton der Überzeugung. »Du bist seine einzige Tochter, und er will schließlich, dass du glücklich wirst, oder?«

Sie starrte ihn mit großen Augen an. »Und wenn er uneinsichtig bleibt und uns seinen Segen verweigert?«

Liams Miene verhärtete sich, während er scharf überlegte. »Wenn das der Fall sein sollte, reißen wir einfach aus und heiraten heimlich. Dann bleibt deinem Vater nichts anderes übrig, als unsere Verbindung zu akzeptieren.« Als sie lächelte, neigte er sich vor und küsste sie mit mühsam kontrollierter Leidenschaft. »Ich kann es kaum erwarten, dich zu meiner Frau zu machen.«

»Mir geht es genauso«, seufzte sie weich. Ihre Finger streiften zärtlich seine Schläfen, zausten die dunklen Locken. Sie schob den Gedanken an die Reaktion ihres Vaters weit von sich. Ihr Liam würde es schon auf die eine oder andere Weise regeln. Egal wie, sie würden heiraten.

»Ich schwör's, Mylord, ich hab's mit eigenen Augen gesehen«, schnaubte David Boyle, der Kutscher. »Sie ham geküsst und gefummelt. Es war unsittlich. Abscheulich, Mylord.«

Patrick O'Mara, ein breitschultriger, beleibter Hüne von knapp einem Meter neunzig baute sich vor seinem Kutscher auf. Ungeachtet der heiklen Neuigkeit musste er sich bremsen, sonst hätte er diesem widerlichen Herumspionierer das schleimige Grinsen aus dem Gesicht geschlagen. Er konnte Dave nicht ausstehen und behielt ihn nur, weil sein Vater ein Händchen für Pferde hatte. Oliver Boyle galt in der gesamten Grafschaft als ausgewiesener Pferdekenner.

»Und wo haben Sie sie gesehen, Mann?«

»Unten am Fluss. Ich war spazieren. Und da war sie

mit diesem Westaway-Burschen. Er gab ihr irgendwas Glitzerndes und hat es ihr ans Kleid gesteckt, in den Stoff, jawohl.« Er schnaufte verächtlich, wohl wissend, dass sich so etwas bei einer Dame von Stand nicht gehörte. »Danach schlenderten sie Hand in Hand fort.« Dave, der den Kopf gesenkt hielt, weil er niemandem direkt in die Augen zu schauen wagte, warf dem Earl einen schnellen Blick zu. »Bei meiner Ehre, Mylord, es ist die volle Wahrheit.«

Ein gepresster Seufzer kam aus O'Maras Kehle. »In Ordnung, Sie können gehen.« Er fingerte in seiner Westentasche herum und drückte dem Kutscher eine Münze in die Hand. »Und kein Wort davon zu irgendwem, unterstehen Sie sich! Haben wir uns verstanden?«

»Ja, natürlich, Sir, Mylord.« Dave senkte den Kopf und trottete mit eingezogenen Schultern aus der gräflichen Bibliothek.

Sobald er wieder allein war, ließ Patrick sich in den ausladenden Polstersessel sinken, der vor dem Kamin stand. Den Blick auf die zuckenden Flammen geheftet, seine Miene unergründlich, trommelte er mit seinen beringten Fingern nervös auf der Sessellehne. Abwesend versetzte er dem rotbraunen Jagdsetter einen Tritt, um ihn aus der Nähe des aufsprühenden Funkenflugs wegzuscheuchen, der ihm womöglich noch das Fell versengte. Worauf der Hund vor Schmerz aufjaulte und sich mit einzogenem Schwanz trollte.

Als die Uhr auf dem Kaminsims erneut schlug, sprang der Earl of Bonham geschäftig auf und läutete die Bedienstetenglocke. Kurz darauf klopfte eines der Zimmermädchen, bevor es behutsam die Tür zur Bibliothek öffnete.

»Mylord?«

»Hol mir Dave. Ich habe einen Auftrag für ihn«, sagte Patrick knapp. Sobald das Mädchen verschwunden war, setzte er sich an seinen wuchtigen Sekretär und verfasste eine kurze Notiz. Als Boyle auftauchte und mit der Mütze in der Hand unschlüssig zum Schreibtisch schlurfte – als hätte er etwas ausgefressen –, blickte sein Chef auf. »Aaah, Dave. Ich habe einen Auftrag für Sie. Satteln Sie einen von den Ackergäulen und bringen Sie das ins Dorf, zu Nummer 42, Codlington Street.« Er schob dem Kutscher die Notiz zu. »Fragen Sie nach Jack O'Rourke. Er wird dort sein. Geben Sie die Mitteilung aber keinem anderen, verstanden?« Als Dave nickte, fuhr der Earl fort. »Warten Sie auf Jacks Antwort, die bringen Sie mir dann umgehend her. Ja?«

»Ja, Mylord. Umgehend.« Nach einem erneuten Nicken drehte der Kutscher sich rasch herum und suchte schleunigst das Weite.

Am Sonntagmorgen entdeckte Rosemary Westaway Corinne in der ersten Reihe des Kirchengestühls der St. Finbar's Church. Die junge Frau saß neben ihrem Vater und schaute sich heimlich um, bis sie Liam erspähte. Die Haube auf ihrem Kopf wippte kaum merklich nach vorn, und sie lächelte ihnen zu. Aha, sie trug die neue Brosche und schien unendlich stolz darauf. Sie steckte für alle gut sichtbar an dem Revers ihrer elegant geschneiderten dunkelgrauen Kostümjacke und glitzerte faszinierend. Rosemary stupste ihren Sohn an und raunte ihm zu: »Sie trägt sie, Liam.«

»Ich weiß, Ma.« Er grinste. »Ich miete mir noch diese Woche einen Einspänner, um nach Bonham Hall hinauszufahren. Dort werde ich bei ihrem Vater offiziell um Corinnes Hand anhalten.«

»Das ist das einzig Vernünftige, was du tun kannst, mein Sohn.« Während die Orgel die einleitenden Takte zu dem ersten Lied spielte und die Gemeinde sich erhob, versuchte Rosemary, ihre aufkommenden Zweifel auszublenden. Sie hatte Liam schon zigmal ins Gewissen geredet, er solle sich Corinne aus dem Kopf schlagen, weil sie unerreichbar für ihn war. Er hatte sich dann jedoch jedes Mal stur gestellt. Wollte ihre Argumente nicht gelten lassen, dass der Graf ihn für einen armen Schlucker hielt, der seiner Tochter kein angemessen sorgenfreies Luxusleben bieten könnte, geschweige denn einen wohlklingenden Adelstitel. Auf dem Ohr war Liam taub – den resoluten, willensstarken Charakter hatte er von ihr geerbt. Letztlich, und um den Hausfrieden nicht zu gefährden, hatte sie eingelenkt. Sie wollte ihrem verliebten Jungen keine weiteren Steine in den Weg legen, folglich hatte sie die Romanze gebilligt und ihn in seinem Brautwerben unterstützt.

Außerdem mochte sie die zauberhafte Corinne O'Mara. Sie war kein bisschen eingebildet oder hochmütig, wie es der Landadel sonst so an sich hatte. Das gesellschaftliche Klima hatte sich seit dem Tod von Königin Viktoria ohnehin verändert. Mit Beginn des neuen Jahrhunderts waren die Klassenunterschiede längst nicht mehr so ausgeprägt wie früher. Was war also verwerflich daran, dass ein Bürgerlicher eine Adlige heiratete? Umgekehrt war es schließlich seit Jahrhunderten der Fall, wenn ein verarmter Edelmann damit seine Vermögenslage aufbessern konnte. O'Mara würde gewiss dagegenhalten, dass Liam es aus dem einzigen Grund auf seine Tochter abgesehen habe, weil er sich ins gemachte Nest setzen wolle. So ein Unfug, wo doch inzwischen allgemein bekannt war, wie schwer der Adel damit zu kämpfen hatte, dass die Landbevölkerung zunehmend in die größeren Städte abwanderte, wo sich in den Fabriken und Spinnereien besser bezahlte Arbeit finden ließ. Weswegen hatte sein Sohn Edward denn die unscheinbare Beatrice Cox geheiratet, die wie die Westaways dem Bürgertum entstammte? Weil sie Geld wie Heu hatte! Das arme Ding konnte einem leidtun.

Aber das tat hier nichts zur Sache. Ihre Sorge galt einzig und allein Liam. Ungeachtet seiner künstlerischen Begabung war er freilich ein einfacher Mann, der niemandem Böses wollte und immer zuerst das Gute in den Menschen sah. Im Gegensatz zu ihr hatte er keine Ahnung, wozu Patrick O'Mara fähig war. Da waren beispielsweise die Gerüchte um unbezahlte Rechnungen – zu viele, als dass man es als dummes Gerede unzufriedener Pächter abtun könnte. Nein, ihr Sohn würde sehr, sehr umsichtig vorgehen müssen, so viel stand fest.

Die Gemeindemitglieder standen reihenweise auf und versammelten sich vor dem Altar, um die heilige Kommunion zu empfangen. Das lenkte Rosemary einstweilen von ihren brütenden Überlegungen ab.

# 3

Die drei Männer drückten sich in den Schatten des Mietstalls. Es war erst kurz vor fünf am Nachmittag, trotzdem dunkelte es bereits. Es waren raue, wilde Gesellen, mit dicken Jacken, Mützen und Schals zum Schutz vor der winterlichen Kälte, ihre Füße steckten in kräftigen Arbeitsstiefeln. Zwei von ihnen umklammerten wuchtige Knüppel. Ihr Anführer, ein hoch gewachsener Typ mit schütterem, grau meliertem Haar, schlug fröstelnd den Kragen seiner Jacke hoch und blies sich in die Hände, um die Kälte zu verscheuchen.

»Wenn er nicht bald kommt, Jack, steige ich aus der Sache aus. Mir frieren so langsam die Eier ab«, grummelte der Kleinste von ihnen.

»Mann, halt die Klappe, Bobby. Immerhin haben wir die Kohle für unsere Arbeit schon im Voraus eingesackt.«

»Wenn ihr mich fragt, sitzt bei dem Earl 'ne Schraube locker«, wandte Hugh ein, der Dritte im Bunde.

»Pssst! Ich höre Schritte«, warnte Jack seine Kumpane. Er blinzelte angestrengt in die Dunkelheit und gewahrte die breitschultrige Silhouette eines Mannes, der in ihre Richtung kam. »Hey, Mann, Sie sind nicht zufällig Liam Westaway?«, rief er der schemenhaften Gestalt zu.

»Doch, der bin ich.«

Nachdem das geklärt war, bauten die Männer sich strategisch geschickt auf, ihre Körperhaltung angespannt, augenblicklich bereit, ihren unrühmlichen Auftrag zu erfüllen. Sie beobachteten, wie Liam näher kam.

»Ach, das trifft sich gut«, sagte Jack und setzte feixend hinzu: »Wir sollen Ihnen nämlich eine Nachricht beibringen.« Er nickte seinen Kumpeln zu. »Los, schnappt ihn euch.«

Mit einem oder auch zwei Gegnern hätte Liam es vermutlich spielend aufnehmen können, aber gegen drei hatte er keine Chance. Die wüste Schlägerei war nach nicht einmal fünf Minuten vorbei, und die drei Ganoven blickten schwer atmend auf den Mann, der hingestreckt auf dem Straßenpflaster lag. Sein Gesicht war eine einzige blutende Masse und bis zur Unkenntlichkeit entstellt. Einer seiner Arme schien unnatürlich verdreht, da Jack ihm mit dem Holzknüppel den Knochen gespalten hatte.

Hugh zog einen Gegenstand aus seiner Jackentasche. Eine scharfe Messerklinge blitzte im Dämmerlicht auf, das aus dem Mietstall fiel. »Los, kommt, wir bringen ihn um die Ecke, okay?«

»Nein«, explodierte Jack. »Das war nicht abgemacht. Wir sollen ihn nach Dublin bringen und dort auf ein Schiff verfrachten. Ich weiß zufällig, dass die *Marie Antoinette* morgen Nacht mit der Flut die Segel setzt.«

»Auuu Scheiße, Dublin ist verdammt weit weg«, blökte Bobby und spuckte missfällig auf die Straße. »Reine Zeitverschwendung.«

Jack grinste verschlagen. »Aber es bringt uns ein paar zusätzliche Mäuse ein, Jungs. Unser *Auftraggeber* will nämlich nicht, dass er stirbt. Nur so als Hinweis: Er soll das hier mitnehmen.« Er zog ein in Stoff gehülltes Päckchen aus seiner Jackentasche und wickelte es aus. Die Topasbrosche blitzte im schwachen Lichtschein auf.

»Mann, eh, her mit dem Klunker.«

Hugh schnappte danach, doch Jack stieß ihn zurück, woraufhin er rücklings taumelnd zu Boden ging. »Hände weg, Sportsfreund. Die ist für Liam.«

»Und wozu?«, erkundigte sich Bobby und kratzte sich die rauen Bartstoppeln.

»Die Brosche ist eine Warnung für den Burschen da. Damit er kapiert, dass er sich nie wieder in Kilbricken blicken lassen soll. Und wenn doch, lässt der Earl ihn eiskalt abmurksen.« Jack half Hugh auf. »Los, weg hier, wir haben eine lange Nacht vor uns, und ich will noch vor Mondaufgang auf der Straße sein.« Er starrte sekundenlang auf den bewusstlosen Liam. »Hast du an den Äther gedacht?« Die Frage galt Bobby, der zustimmend nickte. »Gut. Wir müssen ihn ruhigstellen, bis er an Bord ist.« Er schob Hugh in Richtung der Stalltüren. »Hol den Karren. Und ein bisschen dalli.«

Rosemary schrak abrupt aus dem Schlaf auf und blinzelte benommen in dem stockfinsteren Zimmer umher. Sobald sie sich aufsetzte, hatte sie eine ahnungsvolle, ungreifbare Vision vor Augen. Irgendetwas stimmte da nicht: Das fühlte sie intuitiv.

Mit einem wärmenden Umhang und Hausschuhen bekleidet, stocherte sie in der Kaminasche herum und legte Holzscheite nach, um das Feuer in ihrem Schlafzimmer wieder anzufachen. Frühmorgendliches Dämmerlicht sickerte in fahlen Streifen durch die Fensterblenden. Sie hatte auf Liams Rückkehr gewartet – darüber war sie eingeschlafen. Sie lief in sein kleines Schlafgemach, das kaum größer war als ein Alkoven. Gespannt, wie sein Gespräch mit O'Mara verlaufen war. Doch er hatte sein Bett nicht angerührt.

»Liam!«

Keine Reaktion. Er war nicht im Haus. Er war auch nicht in seiner Werkstatt. Das ahnungsvolle Gefühl in ihrer Magengrube beschwerte sie zunehmend. Ihr Sohn, wo war ihr Sohn? Sie kleidete sich eilends an und hastete zu den Mietställen, wo sie lediglich erfuhr, dass Liam sich am Abend keinen Einspänner geliehen hatte. Laut Aussage der Stallknechte war er gar nicht dort gewesen.

»Macht mir rasch einen Wagen fertig, Leute!« Sie entschied, selber nach Bonham Hall zu fahren und den

Earl, wenn nötig, aus dem Bett zu holen. Während sie den Einspänner über die menschenleere Landstraße lenkte, kämpfte sie dagegen an, nicht immer gleich schwarzzusehen. Sie kannte diese tiefe Depression, in die sie noch stets gefallen war, wenn sie jemanden, der ihr sehr nahestand, in Gefahr wähnte. Ihrem einzigen Sohn, ihrem geliebten Jungen war bestimmt etwas zugestoßen, und ob O'Mara dabei seine Finger im Spiel hatte, würde sie bald feststellen. O ja, ihre dunklen Augen verengten sich zu Schlitzen. Und dann gnade ihm Gott.

Im Laufe seines Lebens hatte Patrick O'Mara die Kunst der Verstellung perfektioniert und wusste sich geschickt aus heiklen Situationen herauszulavieren. Folglich lieferte er Corinne und Rosemary Westaway, die ihn mit bedrückten Mienen fixierten, eine wahrhaft bühnenreife Darbietung.

»Mrs. Westaway, ich versichere Ihnen, ich habe nichts mit Liams… äh… Verschwinden zu tun«, betonte der Earl nachdrücklich. Sein Blick glitt von Rosemary zu seiner Tochter. »Es macht mich tief betroffen, dass du mir so etwas zutraust!«

»Ich weiß nur, dass mein Sohn verschwunden ist und dass er Sie gegen Abend aufsuchen wollte.«

»Corinne, geh und frag bei sämtlichen Dienern und bei der Köchin nach, ob Liam gestern am frühen Abend hier gewesen ist. Wir müssen darüber Klarheit gewinnen. Und informiere Constable Dowd.« Unter Rosemarys stechendem Blick stapfte der Adlige nervös über das geflieste Bodenmosaik in der Eingangshalle. »Eine schlimme Geschichte, wahrlich, eine schlimme Geschichte.«

»Mein Sohn wollte Sie aufsuchen und um die Hand Ihrer Tochter anhalten, Mylord.« Rosemary verschluckte sich fast an dem Adelstitel. O'Mara war bestens informiert. Dieser Halunke wusste genau, was mit ihrem Sohn passiert war. Das las sie aus seinen hektischen Blicken und den zusammengekniffenen Lippen, gleichsam als könnte er sich verplappern.

»Also wirklich! Ich hatte ja keine Ahnung!« Patrick stellte sich überrascht. »Meine Tochter und… Liam.« Er nötigte sich ein amüsiertes Schmunzeln ab. »Die Vorstellung ist einfach grotesk.«

»So, so«, ihre dunklen Augen bohrten sich in seine, »demnach hätten Sie Nein gesagt, wenn Sie ihn getroffen hätten?«

»Das hätte ich in der Tat, ja. Aber«, seine Augen wurden schmal, »ich habe ihn nicht getroffen, weil er nicht hier war.«

»Vater.« Corinne war zurückgekehrt und hatte den letzten Teil ihres Gesprächs aufgeschnappt. »Ich liebe Liam. Ich möchte ihn heiraten. Er ist ein sehr netter junger Mann und…«

»Da bin ich mir sogar sicher, Corinne. Ich bezweifle auch nicht, dass dieser Liam Westaway ein begabter Goldschmied und ein tüchtiger Händler ist. Trotzdem ist eine solche Partie, nun ja, indiskutabel für eine Dame deines Standes. Das leuchtet dir doch sicher ein, oder?«

Corinne warf widerspenstig ihre Lockenmähne zurück und reckte trotzig ihr Kinn. »Nie im Leben, das könnte dir so passen, Vater! Ich liebe ihn und möchte mit ihm zusammen sein.«

Patrick verzog grimmig die Mundwinkel und wechselte hastig das Thema. »Was sagt denn unsere Dienerschaft? War er hier?«

Corinne schüttelte den Kopf. »Nein, niemand hat Liam gesehen«, meinte sie mehr an Rosemary gewandt.

»Da haben Sie's«, plusterte der Earl sich auf. »Hab ich Ihnen das nicht gleich gesagt, Mistress Westaway?«

Rosemary murmelte irgendetwas auf Gälisch, das die O'Maras natürlich nicht verstanden. Sie konnte sich an fünf Fingern einer Hand abzählen, dass der Graf kein Unschuldslamm war. Sie beschloss, Nachforschungen anzustellen, einerlei, wie lange es dauern mochte. Irgendwann würde sie ihren Sohn aufspüren und herausfinden, was der Earl mit ihm angestellt hatte. Und von diesem Tag an würde Bonham Hall und seinen Bewohnern der Spaß vergehen. Der Landsitz sollte allmählich verfallen, das Adelsgeschlecht ausgelöscht werden, beschwor sie ihre magischen Kräfte. Der Earl sollte büßen, indem er am eigenen Leib erführe, was er ihr angetan hatte.

Was war das für ein grässliches Geräusch, und wieso bekam er so schlecht Luft?, überlegte Liam. Allmählich verzog sich die watteweiche Nebelwolke, die seinen Verstand einhüllte, er kam wieder zu Bewusstsein. Und sein Kopf dröhnte von einem dumpfen, wiederkehrenden Hämmern, das durch seinen Schädel dröhnte. Der Überfall. Die Schlägerei. Schließlich besann er sich wieder. Ähnlich Mosaiksteinchen, setzten sich die winzigen Erinnerungsteile zu einem stimmigen Ganzen zusammen. Was hatte einer der Angreifer noch zu ihm gesagt? Dass sie ihm eine Nachricht beibringen sollten? Aber von wem? Intuitiv, wie eine dunkle Ahnung, griff er mit der unverletzten Hand in seine Hosentasche. Sobald er das kleine Päckchen ertastete und das kühle Metall unter dem Samt spürte, schwante ihm, was es war. Die Topasbrosche.

Gütiger Himmel, Corinne. Wie von Geisterhand umschlossen, krampfte sich sein Herz schmerzvoll zusammen. Seine süße, bezaubernde Corinne.

Er versuchte die Augen zu öffnen, aber seine Lider waren durch den Schweiß und das eingetrocknete Blut verklebt. Sein linker Arm schmerzte höllisch, und er konnte ihn nicht heben. Das Atmen fiel ihm schwer, als quetschte ihm ein Mühlstein den Brustkorb zusammen. Mit den Fingern der rechten Hand zog er die verklebten Augenwimpern auseinander und spähte um sich. Vernietete Eisenwände, ein gleichmäßiges Stampfen und Rollen, Wellenschlag. Ein Schiff. Er befand sich im Rumpf irgendeines Schiffes.

Von Panik überwältigt, schob er das Stück Segeltuch beiseite, worunter sie ihn versteckt hatten, und bemühte sich aufzustehen. Ihm wurde erneut schwindlig. Er taumelte, stürzte auf den verletzten Arm. Fühlte einen lähmenden Schmerz und wäre um ein Haar wieder ohnmächtig geworden. Mit dem Rücken an eine der Schiffswände gestemmt, rappelte er sich unbeholfen auf und stakste benommen zu dem Lichtschein, der durch einen langen Gang fiel. Eine Eisentür mit einem Bullauge sprang mit rostigem Knirschen auf. Ein Mann starrte ihn mit einer Mischung aus Fassungslosigkeit und Entsetzen an.

»*Mon Dieu*, ein blinder Passagier! *Le Capitaine* wird darüber nicht begeistert sein.«

»Himmel noch, wo bin ich, und wohin fährt dieses Schiff?«, krächzte Liam.

»Sie befinden sich an Bord der *Marie Antoinette*, die

Kurs auf Südamerika nimmt und von dort aus weiter nach Australien segelt.«

»Wann legen wir das erste Mal an? Los, machen Sie schon, nennen Sie mir den Hafen, Mann!«

Der Seemann verzog seine Mundwinkel zu einem sarkastischen Grinsen. »In Rio de Janeiro, in etwa fünf Wochen, wenn das Wetter mitspielt.«

# 4

Ganz Sydney schien in Festtagsstimmung – alle bis auf Liam Westaway. Der junge Mann hatte für die Weihnachtsdekorationen und Auslagen in den Ladenfenstern an der George Street nur ein grimmiges Lächeln übrig. Sah er sein Spiegelbild in den reflektierenden Scheiben, schlug er die Augen nieder. Weil er bisweilen vor seinem eigenen Anblick zurückschrak, und das, obwohl der heimtückische Überfall auf ihn inzwischen acht Monate zurücklag. Wenn auch nicht übermäßig eitel, hatte er sich früher der Tatsache erfreut, dass er ein attraktiver Mann war. Inzwischen würde ihn vermutlich nicht mal mehr seine eigene Mutter wiedererkennen. Seine Häscher hatten ihm die Nase gebrochen, und um die unschöne, ausgezackte Narbe auf seiner Wange zu kaschieren, trug er einen Bart. Er konnte den linken Arm nicht mehr richtig bewegen, weil die Muskulatur verkümmert war. Die gebrochenen Rippen waren zwar verheilt, und er konnte wieder normal atmen, trotzdem wirkte er leicht rachitisch mit seinen nach vorn geneigten Schultern.

Der Kapitän hatte darauf bestanden, dass er während des monatelangen Aufenthalts an Bord der *Marie Antoinette* arbeitete und damit seine Passage über den Atlantik und Pazifik ausglich. Liam fand das trotz seines gebrochenen Arms und der angeknacksten Rippen nur fair, zumal er heilfroh war, dass der Kapitän ihm glaubte, dass man ihn zusammengeschlagen und bewusstlos an Bord geschleppt hatte. Die Arbeit war erträglich, für sein Empfinden jedoch zu eintönig. Das Leben auf See war nichts für ihn. Folglich hatte er sich in Singapur einen gefälschten Pass besorgt und war in Sydney von Bord gegangen. Seitdem hauste er in einem heruntergekommenen Pensionszimmer, in dem es von Ungeziefer wimmelte, und hielt sich mit Gelegenheitsjobs auf den Werften über Wasser. Er lebte von der Hand in den Mund und ernährte sich, wenn sein Geld für ein billiges Essen in einer der Hafenspelunken nicht mehr reichte, von den Fischen, die er im Hafenbecken fing.

Auf der *Marie Antoinette* hatte er lange überlegt, ob er nach Irland zurückkehren, Corinne heimlich aufsuchen und mit ihr gemeinsam ausreißen sollte. Aber was konnte er ihr noch bieten? Ein zerschundenes Gesicht, einen verkrüppelten Körper und wenig Hoffnung auf ein sorgenfreies Leben, wie ihr Vater es für sie vorsah. Nein, die Frau, die er liebte, hatte Besseres verdient. Er seufzte resigniert. Er durfte nicht mehr an sie denken. Wenn er Corinne nicht endlich vergaß, würde er noch verrückt werden. Seine Finger streiften die Brosche, die er immer bei sich trug. In seiner Hosentasche, damit sie niemand stehlen konnte, falls jemand in sein Zimmer einbrach.

Er passierte einen Kolonialwarenladen und warf beiläufig einen Blick ins Schaufenster. Dort lagen alle möglichen Schreibwaren ausgestellt: Füllhalter, Weihnachts- und andere Grußkarten, Notizblocks, in Leder gebundene Tagebücher und anderes. Er zählte die wenigen Münzen, die er noch hatte. Sie reichten gerade für einen Laib Brot und ein Stück Käse. Schuldbewusst strich er sich über den Bart. Er hatte sich lange Zeit so sterbenselend gefühlt, dass er nicht einmal seiner Mutter ein Lebenszeichen geschickt hatte. Im Nachhinein machte er sich bittere Vorwürfe. Wie konnte er derart egoistisch und unsensibel sein? Bei der Erinnerung an seine Mutter dachte er unwillkürlich an das Weihnachtsfest in Kilbricken. Dort war es jetzt gewiss sehr kalt, womöglich lag sogar Schnee. O'Malleys Teich war bestimmt zugefroren, und die Kinder liefen Schlittschuh auf der glitzernden Eisfläche. Auf dem Dorfplatz stand ein großer, festlich geschmückter Baum, und der Kirchenchor von St. Finbar's sang allabendlich Weihnachtslieder.

Er ließ seinen Blick umherspazieren. Der Himmel überspannte wie eine azurblaue Kuppel die Stadt, es war heiß. Arbeiter mit hochgerollten Hemdsärmeln liefen an ihm vorbei in ihre wohlverdiente Mittagspause. Die Frauen waren in leichte, kühlende Stoffe gehüllt und trugen bunte Stoffschirme zum Schutz vor der Sonneneinstrahlung. Die australische Weihnacht war Welten von der irischen entfernt. Und es wäre das erste Weihnachten, das Ma seit seiner Geburt allein feierte. Kurz entschlossen betrat er das Geschäft und kaufte Schreibpapier, Umschlag, Füllhalter und Tinte.

Rosemary Westaway umklammerte die holzgedrechselte Schiffsreling, während der Dampfer stampfend und schaukelnd in den Hafen einlief. Sie freute sich irrsinnig darauf, endlich wieder festen Boden unter den

Füßen zu spüren. Die vielen Wochen auf See hatten an ihrer sonst so robusten Konstitution gezehrt. Sie konnte die vielen Tage nicht mehr zählen, an denen sie seekrank in ihrer Koje gelegen hatte. Jetzt betrachtete sie jedoch interessiert die vielen kleinen Häuser, welche die Küstenlinie säumten. Liam wohnte dort – irgendwo in einem dieser Cottages, die aus der Ferne wie Spielzeughütten anmuteten. Um ihn aufzuspüren, hatte sie den halben Globus umrundet. Und sie würde ihn finden, das stand so fest wie das Amen in der Kirche, machte Rosemary sich selber Mut.

Nach der Unterredung mit dem Earl hatte sic wenig Hoffnung gehabt, dass ihr Sohn noch lebte. Dann hatte sie zufällig Dave Boyle vor der Bäckerei getroffen und ihm Tod, Teufel und Schlimmeres an den Hals gewünscht, falls er nicht mit der Sprache herausrückte. Auf diese Weise hatte sie ihm Informationen abgepresst. Sein »Geständnis« dokumentierte ihr, dass der Earl hinter Liams Verschwinden steckte. Aber wie sollte sie das Constable Dowd beweisen? Ungeachtet ihrer Drohungen und Beschwörungen sträubte Boyle sich nämlich hartnäckig, vor Gericht auszusagen. Liams Brief, der im neuen Jahr eintraf, war das denkbar schönste Weihnachtsgeschenk gewesen. Sie hatte spontan alles verkauft, was sie besaß, Liams Werkzeug in eine Holzkiste gepackt und die nächste Passage nach Australien gebucht.

Kurz vor ihrer Abreise hatte sie Corinne besucht, die inzwischen in Waterford lebte, und über die erfreuliche Fügung informiert. Die junge Frau hatte drei Monate nach Liams Verschwinden geheiratet, nachdem der Earl sie zu einer überstürzten Eheschließung mit David O'Donnell, dem Bankierssohn, genötigt hatte. Das Mädchen sollte zumindest wissen, dass Liam noch lebte, auch wenn er weit weg war. Daraufhin erzählte Corinne ihr, dass die Topasbrosche verschwunden sei. Sie habe das Zimmermädchen des Diebstahls verdächtigt und kurzerhand entlassen, obwohl die Bedienstete hartnäckig ihre Unschuld beteuerte. Aber wo war die Brosche? Bei irgendeinem Pfandleiher? Schmückte sie den Sonntagsstaat irgendeines Hausmädchens? Oder war sie einfach spurlos verloren gegangen?

Und der Earl? Rosemarys Mundwinkel verzogen sich zu einem zufriedenen Lächeln. Ihre magischen Zauber zeigten Wirkung. Seine diesjährige Weizenernte war vertrocknet, seine Kühe hatten sich mit irgendeinem Virus infiziert und gaben keine Milch mehr, etliche von seinen Pächtern waren in die Stadt gezogen, weil sie dort mehr verdienen konnten. Seine Spinnerei war auf mysteriöse Weise bis auf die Grundmauern abgebrannt. Ihr Lächeln wurde breiter. Als sie O'Mara zuletzt gesehen hatte, war er ein von Existenzängsten gezeichneter Mann gewesen.

Während die kleinen Ortschaften entlang der Küste an ihr vorüberzogen und sie Farmen, Felder und mit verdorrtem Buschwerk bewachsene Hügel betrachtete, brütete Rosemary unschlüssig, ob es ihr hier gefallen könnte. Jedenfalls war dieses Australien viel dichter besiedelt, als sie es sich vorgestellt hatte. Da sie nicht lesen konnte, war es schwierig gewesen, Informationen über Sydney zu bekommen. Das eine oder andere erfuhr sie von Nachbarn, die Verwandte in der ehemaligen Kolonie New South Wales hatten. Etliche Iren waren dorthin ausgewandert, um einen Neuanfang zu wagen und sich dem politischen Druck durch die Engländer zu entziehen.

Und Liam spazierte jetzt irgendwo durch die vielen Straßen von Sydney, wo er lebte und arbeitete. Rosemary seufzte schwer. Reiß dich zusammen, beschwor sie sich. Lass dich nicht unterkriegen. Wenn du deinen Sohn wiedersehen willst, bleibt dir gar nichts anderes übrig, als eine zermürbende, unter Umständen deprimierende Suchaktion zu starten. Also konzentrier dich auf das Wesentliche: Sobald das Schiff angelegt hat, suchst du dir eine billige Unterkunft und deponierst dein Geld auf der Bank. Und dann stellst du Nachforschungen über ihn an.

Der diensthabende Constable starrte auf die winzige, erschreckend ausgemergelte, aber gut gekleidete Frau. Ihre dunklen Augen bohrten sich mit unerschütterlicher Intensität in seine.

»Madam, bedaure, aber die Polizei kann Ihnen da nicht weiterhelfen.« Er löste den Blickkontakt, betrachtete ein weiteres Mal die Lithografie des jungen Mannes und schüttelte den Kopf. »Solange Ihr Sohn nicht straffällig wird und deswegen in Haft kommt, ist er bei uns nicht registriert. Wie heißt er noch gleich? Liam?«

So einfach ließ Rosemary sich nicht abspeisen. Sie blieb hartnäckig. »Es muss doch irgendwas geben. Einen Einreisevermerk oder so. In seinem Brief« – sie schob dem Constable die beiden eng beschriebenen Blätter hin – »steht, dass er auf einem französischen Schiff namens *Marie Antoinette* herkam.« Seit einem geschlagenen Monat durchkämmte sie die Straßen von Sydney, fragte in Juwelierläden, Kirchen, Krankenhäusern, Suppenküchen nach – überall dort, wo ihr Sohn eventuell bekannt war. Bislang war ihre Suche jedoch ergebnislos geblieben.

»Im Hafen von Sydney landen Schiffe aus der ganzen Welt, Madam«, erklärte der Constable zum dritten Mal. »Die neue Regierung hat bislang noch zu wenig Beamte eingesetzt, die ordnungsgemäß registrieren, welche Seeleute wann von Bord gehen und ob sie wieder anheuern oder nicht.«

»Das ist höchst unbefriedigend«, muffelte Rosemary laut genug, dass er es hörte.

»Da gebe ich Ihnen durchaus Recht.« Dann setzte er mit einem Anflug von Mitgefühl hinzu: »Ich wüsste da einen Tipp für Sie. Wenn Sie mal runter zu den Docks gehen wollen – tagsüber, wohlgemerkt! – und dort sein Bild herumzeigen, haben Sie vielleicht Glück. Oder«, er spähte sich heimlich um, ob jemand Notiz von ihm nahm, kritzelte einen Namen samt Adresse auf einen kleinen Zettel und schob ihn ihr über den Schalter hin. »Dieser Mann ist bekannt dafür, dass er Verschollene aufspürt. Aber das wird Sie ein nettes Sümmchen kosten, das sage ich Ihnen gleich dazu.«

Rosemary spähte stirnrunzelnd auf das Gekritzel und schenkte dem Constable ein strahlendes Lächeln. »Danke.« *Das wird Sie ein nettes Sümmchen kosten!* Von wegen, das fehlte ihr gerade noch. Sie hatte keinen müden Cent zu verschenken! Schließlich musste sie ihr Geld zusammenhalten, um Liam einen eigenen Juwelierladen zu finanzieren. Wenn sie ihn bloß endlich aufspüren würde!

Draußen vor der Polizeiwache nahm Rosemary einen tiefen Atemzug von der leicht salzigen Hafenluft. Unzählige Fragen schossen ihr durch den Kopf. Fragen, auf die sie keine Antwort wusste. Was, wenn Liam inzwischen auf einem anderen Schiff angeheuert und Australien verlassen hatte? Womöglich arbeitete er auch in einer anderen Stadt oder irgendwo auf einer ländlich gelegenen Farm? Die Suche nach ihm schien aussichtslos, dennoch mochte Rosemary die Hoffnung nicht aufgeben. Irgendein innerer Impuls – war es nun Mutterliebe, das Gefühl, gebraucht zu werden, oder ihre Zigeunerinstinkte – suggerierte ihr, dass er sich noch irgendwo in Sydney aufhielt. Ihre Augen schmerzten, weil sie aufmerksam jeden Passanten beobachtete, ihre Hüfte machte ihr Probleme, und erst ihre Füße! Sie hatte schon ein Paar Lederstiefel durchgelaufen. Und sie war mit zweiundvierzig beileibe nicht mehr die Jüngste. Sie drückte energisch das Rückgrat durch. Als Nächstes wollte sie sich die Wollgeschäfte an dem Platz vorknöpfen, den die Leute The Rocks nannten. Vielleicht hatte er dort Arbeit gefunden.

»He, Liam, irgendwer muss wohl nach dir gefragt haben«, rief Tom, der Werftvorarbeiter, Liam nach, der eben mit einem Sack Mehl auf der gesunden Schulter über die Gangway schritt. »Eine Frau.«

»Und, sah sie gut aus?«, brüllte der Arbeiter, der hinter Liam ging.

»Keine Ahnung«, räumte Tom ein. »Herb meinte, sie wär klein gewesen. Schwarze Haare, schwarze Augen. Unheimliche Augen, fand Herb. Hat ihm ein Bild gezeigt, hatte aber kein bisschen Ähnlichkeit mit dir.« Tom kratzte sich den sonnenverbrannten Schädel. »Vermutlich bloß eine Namensverwandtschaft oder so. Witzig, nicht?«

Wie vom Blitz getroffen ließ Liam den Sack Mehl fallen. Der riss dabei auf, und eine weiße Mehlwolke verteilte sich auf Gangway, Hosen und Stiefeln.

»Verdammt, pass doch auf!«, erregte sich der Vorarbeiter. Und brüllte zu dem Mann hinter Liam: »Schnell, hol einen frischen, trockenen Sack aus dem Lager.«

»Wann war das?« Liam rieb sich den Bart und fixierte Tom. »Wann war sie hier?«

»Vor einer Stunde oder so, glaub ich. Wurde ziemlich pampig, als Herb sie nicht aufs Gelände lassen wollte. Wär ja noch schöner – eine Frau auf dem Trockendock! Das bringt Unglück, das sag ich dir.«

Liam schälte sich bereits aus der verschwitzten Lederweste, mit der er Schultern und Brustkorb bei der schweren körperlichen Arbeit schützte. Er hatte die dick gepolsterte Weste selbst genäht. Seine Kollegen hatten ihn anfangs damit aufgezogen, aber dergleichen prallte an ihm ab. Wer war hier der Krüppel? Er oder sie? Immerhin musste er auf seine gesunde Schulter achtgeben, sonst konnte er auch gleich verhungern.

»Ich muss sie finden«, knirschte er. Er grapschte nach seinen Kleidern und dem kleinen Rucksack mit seinem Mittagsimbiss. Eilends schlüpfte er in sein Hemd und warf sich den Segeltuchbeutel über die Schulter.

»Hey, was ist mit deiner Schicht? Du hast noch gut drei Stunden zu schuften«, brüllte Tom ihm entnervt hinterher. Liam rannte davon unbeeindruckt weiter in Richtung Tor. »Und wer ist sie überhaupt? Deine Alte?«

Liam riss sekundenlang den Kopf herum und bedachte Vorarbeiter und Kollegen mit einem breiten Grinsen. »Nee, ihr Hohlköpfe. *Sie ist meine Ma.*«

# 5

*Herbst 1910*

Das Sonnenlicht, das durch das Ladenfenster einströmte, verlieh den ausgestellten Juwelen funkelndes Feuer. *Das Geschäft läuft gut*, sinnierte Rosemary, während sie einem ihrer vielen zufriedenen Kunden nachschaute. Sie wünschte, ihr Sohn wäre auch so zufrieden, er wirkte jedoch die meiste Zeit deprimiert und niedergeschlagen. Seit Liams unfreiwilliger Passage nach Sydney waren inzwischen gut acht Jahre vergangen, und ihr erstes gemeinsames Jahr war gewiss kein Zuckerschlecken gewesen. Der Aufbau der Goldschmiede, ein neues, unbekanntes Land, die fremden Menschen – und der Versuch, seine große Liebe Corinne zu vergessen – hatten ihre Spuren hinterlassen. Von seinen körperlichen Blessuren sah man so gut wie nichts mehr, trotzdem hatte er in all den Jahren kein bisschen Interesse an anderen Frauen gezeigt. Rosemary hatte mehrmals vergeblich versucht, ihn zu verkuppeln. Es war zwecklos – er interessierte sich für keine andere außer Corinne. Vor ein paar Tagen hatte er sich dann entschlossen, die Topasbrosche zu verkaufen.

»Gib jemand anderem die Chance auf sein Glück«, hatte er zynisch angemerkt, obwohl ihm die wahre Bedeutung der gälischen Worte, die er selbst auf der Rückseite der Anstecknadel eingraviert hatte, verschlossen geblieben war. Rosemary hatte ihm den Sinn nie näher erläutert, weil er ihrem alt überlieferten Wissen um die Kunst der Magie ohnehin skeptisch gegenüberstand. Und vielleicht war es sogar besser, wenn er keine Ahnung hatte. Sie hatten lange über einen Verkauf der Topasnadel diskutiert, aber letztlich hatte er seinen Willen durchgesetzt.

Sie trat ans Fenster und betrachtete die ausgestellten Preziosen. Dort lag die Brosche, umgeben von schimmernden Südseeperlensträngen, Ringen mit südamerikanischen Smaragden, Schmuckstücken mit Opalen – dem seltenen Edelstein, der vornehmlich in Australien gefunden wurde – sowie Ringen, Anhängern und Armbändern mit funkelnden Brillanten aus Brüssel, dem europäischen Zentrum für die Diamantschneidekunst und Sitz zahlloser Diamantschleifereien. Heimlich spielte sie Liam tagtäglich einen Streich. Wenn er die Brosche morgens demonstrativ ganz vorn ins Fenster legte, dekorierte seine Mutter sie später so um, dass sie den Blicken kaufwilliger Passanten verborgen blieb. Der Topas befand sich seit zwei Wochen in der Auslage, und niemand hatte bislang Interesse gezeigt. Rosemary war deswegen nicht unglücklich. Sollte der Stein wirklich irgendwann den Besitzer wechseln, wäre ihr sehr daran gelegen gewesen, dass ihr der Käufer behagte. Ihrem Sohn schien das jedoch völlig egal zu sein.

Liam war in seiner Werkstatt, wo er im Auftrag eines Kunden einen Anhänger aus Brillanten und Perlen gestaltete, als Rosemary ein etwa vierzigjähriger Mann auffiel, der interessiert durch die spiegelnde Scheibe spähte. Sein ernst dreinblickendes Gesicht stimmte sie neugierig, und sie beobachtete ihn heimlich, während er bedachtsam das ganze Fenster abschritt, jedes Stück andächtig betrachtete und wieder zurücklief. Das machte er zweimal, dann nickte er kaum merklich, als wäre er zu einem Entschluss gelangt. Er öffnete die Ladentür und trat ein.

»Guten Morgen, Sir«, begrüßte Rosemary ihn freundlich. »Womit kann ich Ihnen dienen?«

Bevor er antwortete, zog er höflich den Hut. »Aaahh, tut das gut, noch mal wieder irischen Dialekt zu hören. Meine Ohren mögen sich einfach nicht an den Akzent in den Kolonien gewöhnen.«

Bei seinem Akzent tippte sie auf Südirland. »Und woher kommen Sie, Sir? Waterford oder Cork, vielleicht?«

»Sie haben ein gutes Gehör, Madam. Ich habe in beiden Städten gewohnt«, erwiderte er mit einem knappen förmlichen Lächeln. Er schien sich wieder auf sein Anliegen zu besinnen und sagte: »Ich interessiere mich für die Topasbrosche in Ihrem Schaufenster. Darf ich mir die einmal genauer ansehen?«

»Aber natürlich.« Rosemary schlug die Augen nieder und betrachtete den Kunden heimlich unter ihren gesenkten Wimpern hervor. Er trug einen Dreiteiler mit blütenweißem Hemd und steif gestärktem Kragen, an seiner Weste war eine teure goldene Taschenuhr mit ebensolcher Uhrkette befestigt. Er machte einen kultivierten, wohlhabenden Eindruck und konnte sich das Schmuckstück sicherlich leisten. Obwohl sie die wunderhübsche Brosche lieber einer attraktiven jungen Frau verkauft hätte.

Sie holte den Topas, den sie auf ein blaues Samtkissen drapierte und auf die Glastheke legte. »Mein Sohn hat das Schmuckstück entworfen und gestaltet. Er ist ein begnadeter Künstler«, erzählte sie dem Mann stolz.

»So ist es! Eine ausnehmend schöne Arbeit. Dann ist dies hier also das Geschäft Ihres Sohnes?«

»Ja.« Rosemary bemühte ihre magischen Kräfte, dem Fremden negative Impulse zu suggerieren, damit er das

Interesse an der Brosche verlöre. Das war eine ihrer leichtesten Übungen. Allerdings hatte sie Liam in einem schwachen Moment hoch und heilig versprochen, dass sie solche Praktiken nie wieder anwenden würde, wenn sie dafür bei ihm in Sydney bleiben durfte.

Der Mann rieb sich nachdenklich die Schläfen. »Sie ist ganz zauberhaft … aber ich weiß nicht so recht.«

Froh ob seiner Unschlüssigkeit, strahlte Rosemary. »Ich zeige Ihnen auch gern etwas anderes. Für wen soll es denn sein, Sir? Für Ihre Frau, Ihren Schatz, oder?«

»Also eigentlich suche ich ein Geburtstagsgeschenk für meine Schwägerin. Unsere Familie ist erst vor Kurzem in Sydney eingetroffen, vor ungefähr einem Monat«, vertraute er ihr ungewöhnlich mitteilsam an. »Ich fange in einer Anwaltskanzlei in der Phillip Street an.« Ihre fragende Miene bewog ihn zu weiteren Ausführungen. »Meine Frau liegt derzeit im Wochenbett, deshalb besorge ich das Geschenk.«

»Aaah, Ihre Frau«, rutschte es ihr heraus. »Sie sind stolzer Vater eines … Jungen geworden, nicht wahr?«

Der Mann blinzelte verblüfft. »Ja, das stimmt. Woher … woher wissen Sie das?«

Rosemary strahlte. »Ich hab lediglich geraten und ins Schwarze getroffen, mehr nicht.«

In diesem Augenblick betrat Liam den Verkaufsraum. »Guten Morgen«, begrüßte er den Kunden. Und warf seiner Mutter einen krittelnden Blick zu. Sie begriff sofort und trollte sich, um weitere Schmuckstücke zu holen.

»Ich finde es ehrlich gesagt schwierig, Schmuck für eine Frau zu kaufen«, meinte er zu Liam.

»Gelegentlich schon, da gebe ich Ihnen Recht«, versetzte der diplomatisch. »Sie haben doch bestimmt Anhaltspunkte, was Ihrer Schwägerin gefällt und was nicht, oder?«

Der Mann blies die Backen auf. »Hmmm… tja, ich denke schon.«

Er inspizierte sämtliche Stücke, die Liams Mutter vor ihm ausbreitete, und deutete dann erneut auf die Brosche. Rosemary jaulte innerlich auf.

»Wissen Sie was, ich nehm sie.«

»Eine gute Wahl«, bekräftigte Liam in geschäftsmäßigem Ton, seine Miene unbeteiligt.

»Auf der Rückseite sind merkwürdige Zeichen oder Buchstaben eingraviert«, stellte der Mann unvermittelt fest. »Was bedeuten sie?«

»Das ist Gälisch, Sir. Die Inschrift wünscht der Trägerin Glück.« Rosemary schenkte ihm ein sanftes Lächeln. »Die Person, die sie geschenkt bekommt, sollte erst über die Rückseite der Brosche reiben, bevor sie sie ansteckt. Das bringt Glück.« Sie spähte zu ihrem Sohn und überlegte, wie er wohl gerade empfand. Er hatte die Topasbrosche in seiner überschwänglichen Liebe für Corinne angefertigt, und jetzt schien er fest entschlossen, sich davon zu trennen. Ob das so richtig war?, sann Rosemary. Nun ja, es ging sie schließlich nichts an. Die Brosche gehörte ihm. Folglich konnte er damit machen, was er wollte. Und wenn ihm der Verkauf dabei half, das geliebte Mädchen zu vergessen, war es vermutlich besser so. Wie sie Liam kannte, würde sie ihn bestimmt nicht dazu bewegen können, seinen einmal gefassten Entschluss zu verwerfen.

Rosemary beobachtete, wie der Mann seine Geldbörse zückte. Seufzend schnitt sie ein Stück Papier zurecht. »Sir, soll ich es Ihnen hübsch in Geschenkpapier einwickeln?« Er nickte. »Das mach ich doch gerne für Sie«, versetzte sie darauf.

»So, das hätten wir«, meinte Liam leicht geknickt, als sich die Tür hinter dem Kunden schloss.

»Jetzt ist sie verkauft, mein Junge. Was weg ist, ist weg.« Rosemary tätschelte ihm begütigend den Oberarm.

»Ja, Ma, wie Recht du doch hast.«

Corinne O'Donnell saß auf einem Polsterschemel vor ihrem Toilettentisch und frisierte ihr Haar. Das machte sie schon länger selbst – seit ihre Lebensumstände sich drastisch gewandelt hatten. In den vergangenen sechseinhalb Jahren hatte sich vieles verändert; es grenzte an ein Wunder, dass sie daran nicht völlig zerbrochen war.

Liam. Ihre große, unglückliche Liebe. Fort. Vorbei. Es war unverzeihlich, was ihr Vater ihm angetan hatte. Wenn sie darüber nachdachte, dass der Earl sie zu einer Blitzheirat mit Daniel O'Donnell verdonnert hatte, füllten sich ihre ausdrucksvollen topasschimmernden Augen mit Tränen. Im Laufe der Jahre hatte sie oft geweint, Tränen der Wut, Enttäuschung und Verzweiflung, weil sie ihr Leben zerstört glaubte. Ihre Ehe war eine mittlere Katastrophe gewesen. Trotzdem hatte sie sich nach Daniels Tod geweigert, zu ihrem Vater nach Bonham Hall zurückzukehren. Obwohl der Graf darauf drängte, war sie hart geblieben. Sie verachtete ihn zutiefst, eine Versöhnung kam für sie überhaupt nicht in Frage.

Stattdessen erklärte sie sich bereit, Marian, die Frau von Daniels älterem Bruder Stanley, auf ihren Reisen zu begleiten. In ihrer angespannten Finanzlage blieb

Corinne gar nichts anderes übrig, als in den sauren Apfel zu beißen. Nachdem sie die Schulden ihres verstorbenen Mannes beglichen hatte, blieb ihr nur das Nötigste zum Leben. Daniels große Schwäche, das Glücksspiel – etwas, was er geflissentlich vor ihr geheimhielt –, hatte innerhalb weniger Jahre das gesamte Erbe verschlungen, das sein Großvater ihm vermacht hatte. Als die Gläubiger wenige Tage nach Daniels Beerdigung bei ihr vorstellig wurden, begriff sie erst, wie dramatisch es um ihre finanzielle Situation bestellt war. Ihr Mann war auf einer Angeltour aus dem Boot gefallen und ertrunken, was ihm letztlich die Schmach einer Bankrotterklärung erspart hatte. Für Corinne dagegen zog das Leben von einem zum anderen Augenblick andere Saiten auf.

Das bedeutete leider auch, dass sie keine Zofe mehr hatte, die ihr bei der Toilette und beim Ankleiden half. Sie machte selbst ihr Bett, wischte Staub und sorgte dafür, dass ihr kleines Zimmer sauber und ordentlich aufgeräumt war. Trotz dieser Miseren und Tiefschläge brachte sie es nicht fertig, ihren Mann zu hassen. Im Gegenteil, noch lange nach seinem Tod sinnierte sie, dass sie beide benutzt worden waren: sie von ihrem Vater, der eine Eheschließung mit Liam als gesellschaftlich inakzeptabel abgelehnt hatte. Daniel, der Ärmste, ein antriebsloser Schwächling, von seinem eigenen Vater, der ihn überredet hatte, in den Adel einzuheiraten, um damit das Ansehen seiner Familie aufzupolieren.

Die ebenholzgeschnitzte Nachbildung einer Louis-XIV.-Uhr, die auf dem Sockel über dem Kamin stand, läutete siebenmal. Zeit für das Abendbrot. Corinne schnappte sich ihren Elfenbeinfächer, denn es war ein außergewöhnlich warmer Abend, und schritt mit schwingenden Röcken die Stufen hinunter.

Die Wände des Esszimmers waren mit dunkelgrünen Damasttapeten bespannt, schwere viktorianische Stilmöbel verstärkten die steife, düstere Atmosphäre. Auf einem opulent geschnitzten Büfett standen diverse Silberplatten und eine Kristallschale mit frischen Früchten.

Marian saß bereits am Tisch, als Corinne den Raum betrat. Stanley, ganz der höfliche Gentleman, erhob sich und rückte seiner Schwägerin einen Stuhl zurecht.

»Herzlichen Glückwunsch zum Geburtstag, meine Liebe«, sagte er leicht gerührt und küsste Corinne auf die Wange.

»Und natürlich auch alles Liebe von mir«, setzte Marian strahlend hinzu. »Möchtest du deine Geschenke jetzt aufmachen oder lieber erst nach dem Dessert?«

Die Köchin trug eben auf einem großen Holztablett die Suppenterrine und tiefe Teller herein.

»Besser nach dem Essen«, murmelte Corinne. Und warf Marian einen vielsagenden Blick zu.

Stanley hatte das zweistöckige, komplett möblierte Haus mitsamt der Köchin, Martha Von Helmann, gemietet. Insgeheim waren sich alle einig, dass sie in Surry Hills das Sagen hatte. Sie führte den Haushalt mit militärischer Präzision, die sie zweifellos in ihrer preußischen Heimat erlernt hatte. Davon konnten die Neuankömmlinge schon nach einer Woche ein Lied singen. Frühstück, Mittagessen und Abendbrot wurden zu festen Zeiten serviert, und sie erwartete, dass man sich daran hielt. Montags und freitags war Waschtag, der Hausputz wurde an den anderen Tagen mit einer Aushilfe erledigt, die Sonntagnachmittage und -abende hatte Mrs. Von Helmann laut Vertrag frei.

Für gewöhnlich drehte sich die Unterhaltung bei Tisch um die Tagesroutinen und konzentrierte sich in erster Linie auf die vielfältigen Aktivitäten des Hausherrn. Nachdem Stanley die Frauen hinlänglich informiert hatte, wechselte er unvermittelt das Thema.

»Ich hab gesehen, dass unser Nachbar ... wie heißt er noch gleich?« Er warf Marian einen fragenden Blick zu.

»Bert Williams, mein Schatz.«

»Williams, ach ja, richtig. Er hat sich ein Automobil zugelegt.«

»Sie werden jedes Jahr populärer, das hab ich in einem Artikel in der *Sun* gelesen«, meinte Corinne. Und setzte gedehnt hinzu: »Also, ich fände es lustig, den Führerschein zu machen und so ein Vehikel zu steuern.«

»Das vergiss mal gleich wieder!« Stanley war geschockt. »Automobile werden Pferd und Wagen niemals ersetzen können. Wartet mal ab.«

Die Frauen blickten sich an, schmunzelten und enthielten sich eines Kommentars. Sie wussten sehr wohl, was Stanley O'Donnell von Autos hielt: Für ihn waren sie eine Marotte, eine vergängliche Modeerscheinung wie etliche andere vorher.

Mrs. Von Helmann nahte erneut und räumte die Dessertteller ab. »Tee, Kaffee? Was darf's denn heute Abend sein?«, fragte sie zackig.

»Wir nehmen Tee, danke, Mrs. Von Helmann«, bestellte Marian. »Und jetzt zu deinen Geschenken.« Sie zwinkerte ihrer Schwägerin zu, unterdessen angelte sie zwei Päckchen von dem Stuhl, der neben ihrem stand.

Ein langes flaches und ein ganz kleines, rechteckiges. »Komm, mach das größere zuerst auf.«

Corinne schaute Marian mit großen Augen an. »Warum?«

»Weil ich es schon vor Monaten in Bombay für dich gekauft habe. Ich musste es gut verstecken, damit du es nicht findest.«

Corinne tat wie geheißen. Sie wickelte hastig das Geschenkpapier ab und öffnete die Schachtel. Ihr Blick fiel auf einen leuchtend bunten Seidenschal, dessen Enden mit hübschen Seidentroddeln umsäumt waren. »Er ist wunderschön«, sagte sie bewundernd. Ihre Hand umschloss Marians. »Tausend Dank.«

»Ich fand, dass er das ideale Accessoire für kühle Frühlingsabende ist.«

»Schön wär's. Momentan ist es hier ja wahrhaftig so heiß wie in einem Backofen«, seufzte Stanley. Er tupfte sich mit einem weißen Taschentuch die Schweißperlen von der Stirn. »Ich hatte keine Ahnung, dass die australischen Sommer dermaßen heiß sind. Erinnert mich irgendwie an Indien.«

Marian beobachtete, wie Corinne die Schleife des kleinen Päckchens aufzog. »Ich glaube, dieses Geschenk gefällt dir. Wollen wir wetten?«

Corinne hob den Deckel von der Schachtel, betrachtete den Inhalt und japste nach Luft. Ihre Lippen formten ein verblüfftes O. »Meine Güte. Ich fass es nicht.«

Mit zitternden Fingern löste sie die Brosche von dem Taftkissen und legte sie auf ihre rechte Handfläche. Sie hätte nicht im Traum damit gerechnet, Liams Geschenk je wiederzusehen. Mit tränenumwölkten Augen sah sie zu Marian und flüsterte: »Woher habt ihr sie?«

»Stanley hat die Brosche bei einem Juwelier in der

Stadt gekauft. Was ist denn los, Corinne? Gefällt sie dir nicht? Was hast du bloß?« In Marians Stimme schwangen Besorgnis und Enttäuschung.

»Nein!«, stammelte die Angesprochene, von ihren Emotionen überwältigt. Sie konnte es kaum fassen, dass sie die zauberhafte Brosche endlich wiederhatte. »Ich… ich… Wisst ihr…« Wie sollte sie es ihnen erklären? »Es ist nicht das erste Mal, dass ich die Brosche in den Händen halte. Auf der Rückseite ist ein Spruch eingraviert, nicht wahr?«, bekannte sie, ohne das Schmuckstück umzudrehen.

»Ja. Woher weißt du das?« Stanleys Brauen schossen nach oben. »Der Juwelier meinte, man müsse über die Rückseite reiben. Das würde Glück bringen.«

»Ich bekam diese Brosche schon einmal geschenkt…«

»Was?«, fuhren Marian und Stanley ihr entgeistert ins Wort.

»Von jemandem, der mir sehr viel bedeutet hat. Vor sieben Jahren, zu meinem achtzehnten Geburtstag.«

»Ich werd verrückt«, echauffierte sich Stanley. »Dieses Schlitzohr von einem Goldschmied. Er hat mir eine getragene Brosche angedreht und allen Ernstes behauptet, sie wäre neu. Und ich Idiot bin darauf reingefallen!«

»Jetzt fällt es mir wieder ein.« Marian nickte. »Liam hat dir die Brosche geschenkt, nicht?«

»Ja.« Corinne seufzte schwer. »Aber das ist lange her. Wir waren beide jung. Und Vater war gegen unsere Verbindung.« Sie gewahrte Marians verständnisvollen Blick. Ihre Schwägerin kannte die ganze Geschichte mit ihr und Liam und wie Patrick O'Mara dagegen interveniert hatte.

»Verständlich, dass du sie gern behalten möchtest. Trotzdem werd ich mir diesen irischen Goldschmied mal vorknöpfen und ihm die Meinung geigen«, grummelte Stanley. »Mit diesen unredlichen Geschäftspraktiken kommt er mir nicht so einfach davon. Tja, dummerweise ist morgen Sonntag. Aber am Montagmorgen kümmere ich mich als Allererstes darum.«

*Ein irischer Goldschmied.* Corinne hatte versunken die Brosche betrachtet. Als Stanley beiläufig erwähnte, dass der Juwelier Ire war, schoss ihr Kopf hoch, und sie staunte Bauklötze. »Sagtest du eben, dass er Ire ist, Stanley? Ist er groß und gut aussehend, mit schönen grünen Augen? Und«, sie senkte hastig den Blick, »war eine ältere Frau bei ihm im Laden? Dunkelhaarig mit einem irgendwie stechenden Blick?«

Ihr Schwager blinzelte verwirrt. »Mmmh, mal überlegen.« Er nickte. »Ja, er war groß und breitschultrig, aber übermäßig attraktiv? Nein, nicht unbedingt. Auf seine Augenfarbe hab ich ehrlich gesagt nicht weiter geachtet. Aber da war eine Frau, auf die deine Beschreibung passen könnte. Sie hat dunkle, mit grauen Fäden durchzogene Haare und einen durchdringenden Blick, der einen ganz schön nervös machen kann. Vom Alter her seine Mutter, denke ich.«

Corinne schlug eine Hand vor den Mund, ihr Herz hämmerte wie verrückt gegen ihren Rippenbogen. »Wie heißt er? Ich meine, weißt du noch den Namen des Juweliers, Stanley?«

»Nein, meine Liebe, bedaure. Ist es denn so wichtig für dich, ihn zu kennen?«

Zwischen Stanleys Brauen schob sich eine tiefe Falte. Er hatte keinen Schimmer, überlegte Marian, wie wichtig es für Corinne war. »Wir sprechen uns später noch,

Schatz, nach deiner abendlichen Zigarre und dem üblichen Gläschen Portwein«, sagte sie. Sie stand vom Tisch auf und fügte hinzu: »Ich bin im Kinderzimmer, mal sehen, was der kleine Simon macht. Kommst du mit?« Ihr war klar, dass Corinne darauf fieberte, sich mit ihr unter vier Augen auszutauschen. Sie blickte zu der Frau, die ihr eine wirkliche Freundin geworden war, und deutete auf die Brosche. »Ich glaube fast, das ist das schönste Geburtstagsgeschenk, das du je bekommen hast.«

In dieser Nacht machte Corinne vor Aufregung kein Auge zu. Kein Wunder. Liam war in Sydney! Vermutlich lag er jetzt irgendwo in seinem Bett und schlummerte tief und fest. Sobald Stanley den »irischen Juwelier« erwähnt hatte, war sie schlagartig hellhörig geworden.

Grundgütiger. Plötzlich quälte sie ein deprimierender Gedanke: Vielleicht war er inzwischen verheiratet oder in eine andere Frau verliebt. Sieben Jahre waren eine lange Zeit, und er hatte sich in Australien eine neue Existenz aufgebaut. Zweifellos hatte er wie die meisten Männer Sehnsüchte und Bedürfnisse. Auch wenn sie jetzt wieder frei und ungebunden war, war es womöglich schon zu spät für einen Neuanfang.

Völlig gerädert setzte sie sich im Bett auf, schüttelte die Kissen auf und starrte in die Dunkelheit. Großer Gott, durfte das Schicksal so grausam sein und ihr Liam vorenthalten, obwohl sie wieder zu haben war? Sollte sie es riskieren und die Probe aufs Exempel machen? Vielleicht war es besser für sie, wenn sie weiterhin Zuflucht in ihren Träumen suchte und sich damit eine mögliche Enttäuschung ersparte. Sie schüttelte heftig den Kopf, dass ihre wilden Locken nur so flogen. Nein, sie konnte gar nicht anders, sie musste ihn wiedersehen. Ein einziges Mal wenigstens noch.

Am Montagmorgen fuhr sie gemeinsam mit Stanley in die Stadt. In der Straßenbahn versuchte Corinne angestrengt, ihre Angst und Anspannung zu überspielen. Ihr Schwager, inzwischen eingeweiht, wollte sie natürlich begleiten, doch sie versicherte ihm, dass sie diese Sache allein durchziehen müsse. Gottlob hatte er ihren Wunsch respektiert. Sie wusste nicht recht, was sie sagen sollte, wenn sie Liam gegenüberstand. Nach der Sonntagsmesse hatte sie bis in die Abendstunden im Garten gesessen und sich Szenarien ausgemalt, wie ihr Wiedersehen aussehen könnte. Sie hatte sich sogar einen Text zurechtgelegt. Liam wäre gewiss der Überraschtere von ihnen beiden, und das verschaffte ihr immerhin einen kleinen Vorteil. Damit bliebe ihr wenigstens ein bisschen Zeit, die faszinierende Fügung des Schicksals auszukosten, ihn nach all den Jahren endlich wiederzusehen.

Sie hoffte inständig, dass sie nicht zu aufgeregt war. Ihre behandschuhten Finger strichen über das geknöpfte Jäckchen, spürten das tröstliche Gewicht der Topasbrosche. Dass sie das Schmuckstück wiederhatte, grenzte an ein Wunder. Bitte, lieber Gott, mach, dass noch ein weiteres Wunder geschieht.

Liam saß mit seiner Mutter plaudernd in der Werkstatt, als sie den silberhellen Klingelton der Türglocke hörten. Ein Kunde betrat gerade das Geschäft.

»Bleib sitzen, ich geh schon, Ma. Trink in Ruhe deinen Tee aus.« Liam stand auf und rieb sich ein paar

Brotkrümel von seiner Weste. Er nahm ein Tablett mit eben fertig gewordenen Ringen und trug sie zum Ladentisch.

Corinne stand mit dem Rücken zur Theke und schaute sich aufmerksam um, derweil bemühte sie sich, ihr Herzrasen unter Kontrolle zu bringen. Himmel, sie hoffte inständig, dass sie das Richtige tat. Als sie aus dem Augenwinkel eine Bewegung wahrnahm, drehte sie sich um. Oh … oh, es versetzte ihr einen nicht gelinden Schock, wie sein Gesicht aussah. Aber trotz Nasenbeinbruch und vernarbter Wangen war es Liam, ihr geliebter Liam, und er starrte sie an, als hätte er einen Geist vor sich.

»Liam.«

Er schüttelte den Kopf, riss die Augen auf, blinzelte verwirrt und öffnete sie erneut. Sein Adamsapfel hüpfte nervös, und er schluckte schwer. Allmächtiger Vater im Himmel, sie war es wirklich, Corinne, und sie war noch schöner als in seiner Erinnerung. Wieder schüttelte er den Kopf, weiterhin unsicher, ob die Frau ihr vielleicht bloß sehr ähnlich sah, weil Corinnes Bild ständig in seiner Fantasie herumspukte und weil die Sehnsucht geradezu unerträglich war …

»Ja, Liam, ich bin es.« Sie lächelte verlegen.

Das Tablett mit den Ringen glitt ihm aus den Fingern und fiel klappernd zu Boden. »Corinne! Bist du es wirklich?« Einen Augenblick lang stand er wie versteinert, ehe er blitzschnell die Theke umrundete und kaum Zentimeter vor ihr stehen blieb. Er nahm ihre behandschuhten Hände in seine. Führte sie an seine Lippen, küsste den feinen Stoff. »Sag mir, dass ich nicht träume«, murmelte er mit drängender Stimme. Er schüttelte entgeistert den Kopf.

»Und wenn, dann träumen wir beide denselben Traum.«

»Wie um alles in der Welt …?« Unvermittelt fiel es ihm wie Schuppen von den Augen – sie war eine verheiratete Frau. »Dein Mann? Ist er mitgekommen?«

Sie schüttelte heftig den Kopf, dass ihr breiter Hutrand verwegen wippte. »Er … mein Mann … Daniel ist vor sechs Monaten verstorben. Bei einem Bootsunglück.«

Liams Blick fiel auf die Brosche. Er streckte zaghaft die Hand danach aus. »Der Mann, der sie gekauft hat, sagte, es sei ein Geburtstagsgeschenk. Aber natürlich! Am Samstag war der zwölfte Februar und dein Geburtstag, wie konnte ich das vergessen!« Später würde er sich noch lange über den seltsamen Zufall wundern, wieso Corinnes Schwager ausgerechnet diese Brosche ausgesucht hatte, die er vor einer halben Ewigkeit für seine Liebste gearbeitet hatte.

Sie lächelte erneut, in ihren braunen Augen funkelten goldene Sprenkel. »Schön, dass du dich daran erinnerst.«

Wie um sich zu sammeln, atmete er tief durch. »Verzeih mir. Ich bin … ich bin offen gestanden ein bisschen durcheinander. Ich dachte, ich seh dich nie wieder. Und kann keine Worte dafür finden, wie himmlisch dieses Wiedersehen für mich ist.«

Corinne senkte ihren Blick in seinen. Und hatte nicht den Hauch eines Zweifels: Nein, er liebte sie immer noch. So wie sie ihn. Mit ihrer Hand streichelte sie sein Gesicht, glitt mit ihrem Zeigefinger zärtlich über sein malträtiertes Nasenbein und die vernarbte Wange. Ihre Augen wurden verräterisch feucht, und sie blinzelte die Tränen weg. Ihr Vater hatte ihm das angetan.

Ihr eigener Vater, dem sie vertraut und den sie verehrt hatte.

»Ist schon okay, Liebes«, murmelte er kehlig, als könnte er ihre Gedanken lesen. »Es ist vergangen und vergessen.« Er schloss sie in seine Arme, küsste sie auf Stirn, Wangen und schließlich auf ihren warmen, wartenden Mund. »Mir brennen nämlich eine Menge Fragen unter den Nägeln. Dir bestimmt auch, oder? Lass uns über die Gegenwart sprechen und über unsere Zukunft.«

Die beiden merkten nicht, dass Rosemary im Türrahmen zur Werkstatt lehnte. Als sie eine Frauenstimme gehört hatte, war sie aufgestanden und geräuschlos zur Tür geglitten. Von dort aus hatte sie heimlich ihr Wiedersehen verfolgt. Ihre schwarzen Augen betrachteten den funkelnden Topas an Corinnes Bluse, und sie lächelte selbstzufrieden. Die Brosche hatte einmal mehr bewiesen, welcher Zauber ihr innewohnte. Trotz aller Hindernisse hatte sie die beiden Liebenden wieder zusammengebracht. Rosemary war weise genug, es nicht an die große Glocke zu hängen. Man hätte ihr ohnehin nicht geglaubt, und das war vermutlich auch besser so. Hauptsache, sie wusste um die Magie des Schmuckstücks: Das war das Wesentliche.

Als Mutter des Bräutigams saß Rosemary Westaway in der ersten Kirchenbank und fixierte gedankenvoll den breitschultrigen Rücken ihres Sohnes. Er stand vor dem Altar, während er auf den Hochzeitsmarsch wartete, zu dessen Klängen Corinne an Stanleys Arm durch das Mittelschiff schweben würde. Ein Lächeln umspielte ihre Mundwinkel. Seit nunmehr drei Monaten waren er und Corinne wieder zusammen, und heute würden sie heiraten – diese Hochzeit hatten sie sich schon vor fast acht Jahren sehnsüchtig gewünscht. Ihre Gedanken konzentrierten sich auf die Topasbrosche, die Corinne gewiss auch heute tragen würde. Dieses Schmuckstück war der eigentliche Ehestifter gewesen, denn die Zauberformel, die Liam damals noch in Irland eingraviert hatte, hatte funktioniert. Ungeachtet der Tatsache, dass eine Weltreise zwischen ihnen lag, hatte die Brosche sie wieder zusammengeführt. Bislang hatte sie den beiden noch nicht verraten, was die in das Silber geritzten gälischen Worte tatsächlich bedeuteten.

Rosemary schmunzelte stillvergnügt. Eines Tages würde sie Liam und Corinne reinen Wein einschenken.

## 6

Corinne Westaway setzte sich auf den Rand ihres Bettes und rollte behutsam die hauchzarten Nylonstrümpfe von ihren schlanken Fesseln. Sie und Liam waren gerade von einer Abendgesellschaft bei Freunden in Glebe zurückgekehrt. Die Unterhaltung der acht Gäste bei Tisch hatte sich fast ausschließlich um den kürzlich angekündigten D-Day gedreht. Die *Sun* berichtete auf der Titelseite, dass der Tag der Alliierten-Landung in der Normandie, am 6. Juni 1944, das Ende Hitlers und seines Regimes einläuten würde. Corinne betete, dass dies zutreffen möge, zumal alle einen baldigen Frieden herbeisehnten. Nicht zuletzt auch ihr Sohn, der gerade seine Militärausbildung abgeschlossen hatte und jeden Tag damit rechnen musste, eingezogen zu werden.

Angenehm müde von dem anregenden Abend, nestelte sie gähnend an dem dekorativen Schal, den sie sich um den Hals geschlungen hatte. Und stellte bestürzt fest, dass die zarte Seide spontan von ihren Schultern glitt, weil … oh Schreck, sie hatte die Topasbrosche verloren!

Ihre Bestürzung verwandelte sich in Panik. Wo mochte das Schmuckstück bloß abgeblieben sein? Sie befühlte ihr Kleid, inspizierte ihren Kamelhaarmantel, tastete suchend über den Teppich, schaute unter dem Bett nach. Nichts. Sie hatte neulich schon bemerkt, dass der Verschluss sehr locker saß, und sich fest vorgenommen, Liam darum zu bitten, den Clip zu reparieren. Warum hatte sie das versäumt? Wo konnte die Brosche noch sein? Ihr Herz sank ins Bodenlose, als ihr die Antwort schwante: irgendwo zwischen ihrem Domizil und dem ihrer Freunde in Glebe! Liam würde sicher ärgerlich sein; diese Brosche bedeutete ihm genauso viel wie ihr.

Sobald er aus dem Bad kam, beichtete sie ihm ihr Missgeschick.

»Ich schau noch mal im Wagen nach«, erbot sich ihr Mann.

»Es kann gut sein, dass ich sie bei Marnie und Bob verloren habe, im Esszimmer oder im Salon.«

Er warf einen Blick auf den Wecker, der auf dem Nachtschränkchen stand. »Die beiden sind bestimmt noch auf. Bob ist eine richtige Nachteule. Wenn sie nicht im Wagen liegt, ruf ich kurz bei ihm an.« Er gewahrte ihre Niedergeschlagenheit und küsste sie auf die Wange. »Kopf hoch, Schatz. Wir finden sie bestimmt wieder.«

Zehn Minuten später rauschte er kopfschüttelnd in ihr Schlafzimmer. »Im Wagen ist sie nicht. Und Bob konnte sie auch nicht finden. Er ist mit der Taschenlampe extra noch mal nach draußen und hat die Auffahrt abgecheckt – und das Stück Gehweg vor seinem Haus.«

»Es war blöd von mir, sie zu tragen. Ich hab das nur gemacht, weil Marnie sie so toll findet. Wenn wir sie nicht wiederfinden …« Ihr versagte die Stimme. Ihr immer noch jugendlich schönes Gesicht umwölkte sich. »Ich darf gar nicht darüber nachdenken, zu welchen Anlässen ich sie getragen habe«, setzte sie aufgewühlt hinzu.

Corinne wusste genau, wie viel ihm die Brosche bedeutete, dachte Liam. Er bemühte sich, seine Frau irgendwie zu trösten. Sicher, er hatte das Schmuckstück vor vielen Jahren aus tief empfundener Liebe heraus für sie angefertigt, aber wenn sie nun mal fort war, war es doch auch kein Weltuntergang. Seine Frau war dermaßen fertig darüber, dass er sie moralisch aufbauen musste. »Es war doch nur eine Brosche«, meinte er diplomatisch. »Dann mach ich dir eben eine neue; etwas Modernes im aktuellen Design.«

»Aber es war diese Topasbrosche, die uns wieder zusammengebracht hat«, pochte sie hartnäckig.

Er lächelte, überwältigt von seinen Erinnerungen. »Ich weiß. Du hast sie bei der Taufe unserer Kinder getragen, bei meiner Vereidigung als Beisitzer am Randwick Council und«, versetzte er mit einem Anflug von Melancholie in der Stimme, »bei Mas Beerdigung.«

»Die Brosche war schon so etwas wie Familientradition.« Corinne verschränkte ihre Finger, dass die Knöchel weiß hervortraten. »Kurz vor ihrem Tod verriet deine Mutter mir die Bedeutung der gälischen Inschrift: ›Wer die Brosche trägt, wird die wahre Liebe finden.‹ Vor vielen Jahren, als Stanley sie in deinem Ladenfenster entdeckte, hoffte Rosemary, dass er sie einer Frau schenken würde. Sie war hellauf begeistert, als sie bestätigt fand, dass es ein Geschenk für mich war. Sie glaubte nämlich nach wie vor fest daran, dass ich die Richtige für dich wäre.« Bei der Erinnerung krampfte sich ihr Herz schmerzvoll zusammen, und sie schluchzte leise.

»Das bist du auch, mein Schatz.« Er hätte sie so gern von ihrem Kummer abgelenkt. Corinne hielt die Brosche in Ehren und glaubte genau wie seine verstorbene Mutter, dass sie ihrer Trägerin Glück brachte, weil ihr besondere Kräfte innewohnten. Und das ließ sich beim besten Willen nicht widerlegen. Sie hatten drei wunderbare, inzwischen erwachsene Kinder. Claire war verheiratet und erwartete ihr erstes Kind, Rose war verlobt, und Michael, ihr Jüngster, war in der Royal Australian Air Force und hatte vor Kurzem seine Ausbildung zum Bordingenieur abgeschlossen. Das Geschäft florierte ebenfalls. Mittlerweile hatte er zwei Juwelierläden in der Innenstadt, und sie lebten in einem großen Haus mit Blick über den Centennial Park. Außerdem hatte er für Notzeiten etwas auf die hohe Kante gelegt. Sie konnten wahrhaftig nicht klagen.

Umso mehr bestürzte es ihn, seine Frau so kreuzunglücklich zu sehen. Schöne Erinnerungen hin oder her – einer musste einen kühlen Kopf behalten, immerhin handelte es sich bloß um eine Brosche. Natürlich hatte ihm das Schmuckstück an der Kleidung seiner Frau gefallen, aber deshalb musste er doch jetzt nicht Trübsal blasen, oder? Er stand vom Bett auf, klopfte sich ein paar Flusen von der dunklen Hose, die der neue Bettüberwurf aus weichem Chenillegarn dort hinterlassen hatte. Er tätschelte Corinne die Schulter und meinte begütigend: »Was hältst du davon, wenn ich dir eine

Tasse heißen Kakao mache? Dann fühlst du dich bestimmt gleich besser.«

Der Regen rann in wahren Sturzbächen über das schmale Fenster, hüllte die Dämmerung in ein verwaschenes Grau. Jennifer zog den Vorhang zurück, blickte auf die Straße und verfolgte, wie die Wassermassen durch den Rinnstein gurgelten, Blätter, abgerissene Zweige, Papierschnipsel und anderen Unrat vor sich her schoben. Bei dem plötzlich einsetzenden Unwetter musste sie automatisch an den Bindi Creek denken, der sich durch das Anwesen ihrer Tante und ihres Onkels in Carcoar schlängelte. Die meiste Zeit des Jahres war das Flussbett staubtrocken, sobald die Regenzeit begann, entpuppte sich der Strom jedoch als ein reißendes Ungeheuer. Während sie die Passanten beobachtete, die unter ihr auf der Straße mit langen Schritten riesige Pfützen umrundeten und den Automobilen auswichen, deren schmale Reifen wahre Fontänen hochspritzten, fasste sie einen Entschluss. Wenn es so weiterregnete, würden sie keine zehn Pferde vor die Tür bringen. Dann würde sie eben nicht ausgehen und den Rote-Kreuz-Ball in der Sydney Town Hall sausen lassen. Blöderweise war sie dort mit Peggy verabredet, und die wäre ihr dann ernsthaft böse. Das konnte sie ihrer besten Freundin wirklich nicht antun. Schöner Mist, somit steckte sie in einer moralischen Zwickmühle.

Sie spähte zum Kleiderschrank. An der geöffneten Tür hing der Bügel mit dem schmal geschnittenen Cocktailkleid aus taubengrauer Seide. Winzige Perlen säumten den tiefen Ausschnitt und die schmalen Träger; modisch schick, aber nicht zu auffällig. Sie war zwar geschickt im Umgang mit Nadel und Nähmaschine und schneiderte sich ihre Sachen oft selbst, aber dieses Kleid hatte sie extra für die Tanzveranstaltung gekauft. Obwohl um einiges reduziert, hatte sie ein kleines Vermögen, nämlich fast ihren gesamten Wochenverdienst, dafür hinblättern müssen. Jennifer vergegenwärtigte sich wieder einmal seufzend, dass sie jeden Cent umdrehen musste. Wenn sie Miete und Lebensmittel von dem Mini-Gehalt abzog, das sie als Verkäuferin bei David Jones verdiente, blieb für Luxus und Extras nicht mehr viel übrig.

Obwohl es bestimmt unangenehmere Jobs gab, bedauerte sie es bisweilen, dass sie in einem Kaufhaus arbeiten musste. Eigentlich hätte sie sich viel lieber für die weiblichen Hilfstruppen anwerben lassen. Unseligerweise hatte der Militärarzt ihre Bewerbung abgelehnt, weil sie als Kind häufiger Bronchitis gehabt hatte. Er bezweifelte, dass sie die schwere körperliche Arbeit durchhalten würde. Hinzu kam, dass das Betriebsklima bei DJ gelegentlich nervte. Einer tuschelte über den anderen, es wurde nach oben gekatzbuckelt und nach unten getreten, alle klagten über die schlechte Bezahlung. Dass Peggy Walsh auch dort arbeitete, machte es wenigstens halbwegs erträglich. Peggy hatte ihr den Job besorgt und sich darum gekümmert, dass sie ein Zimmer in dem Mietshaus bekam, in dem sie selbst auch wohnte. In den vergangenen Monaten waren sie weltallerbeste Freundinnen geworden.

Jennifer war es mächtig an die Nieren gegangen, als sie aus dem kleinen Haus an der Raglan Street in Redfern hatte ausziehen müssen. Sie war dort aufgewachsen und kannte die meisten Nachbarn. Aber nachdem ihr Vater in Nordafrika gefallen war und der monatliche Scheck für die Miete ausblieb, wusste sie keine andere Lösung. Natürlich war sie nicht die Einzige, die schwer gebeutelt wurde. Überall litten die Menschen unter den Auswirkungen des Krieges, der seit mittlerweile fünf langen Jahren tobte. Im Zuge dessen hatte die Regierung drastische Maßnahmen ergriffen und so ziemlich alles rationiert: Lebensmittel, Kleidung, Brenn- und Baustoffe. Das machte das Leben nicht einfacher.

Ihre Mutter war gestorben, als Jennifer fünf Jahre alt gewesen war. Und ohne ihren Vater und ihren Bruder Charlie, der in Malta gefallen war, hatte sie nur noch Onkel Ken und Tante Elsie Bayliss, die Schwester ihres Vaters. Sie waren ihre nächsten Anverwandten, einmal abgesehen von ein paar Cousins und Cousinen zweiten und dritten Grades, die sie jedoch nie kennen gelernt hatte. Ken und Elsie Bayliss hatten sie nach dem Tod ihres Vaters bei sich aufnehmen wollen. Die beiden hatten jedoch selbst nicht viel, und sie mochte ihnen nicht auf der Tasche liegen. Folglich war sie nach Glebe gezogen, weil sie sich in der Stadt ein bisschen auskannte. Jetzt war sie froh über ihren Entschluss. Immerhin hatte sie inzwischen Arbeit und die eine oder andere Freundin gefunden. Das lenkte wenigstens von den Existenzsorgen ab.

Draußen tröpfelte es nur noch leicht, registrierte sie. Also doch kein gemütlicher Abend auf der Couch mit dem spannenden Buch, das sie billig auf dem Flohmarkt erstanden hatte. Stattdessen würde sie Peggy den Gefallen tun und die Tanzveranstaltung besuchen. Sie ließ den Blick über die halbhohe Anrichte mit Spirituskocher und Eisbox gleiten – ihre provisorische Küchenzeile. Hmmm, irgendetwas würde sie vorher noch essen müssen, aber was? Bevor sie sich von irgendwelchen tanzwütigen Typen über das Parkett wirbeln ließ, brauchte sie etwas Anständiges im Magen, sonst machte sie noch schlapp.

Die Gaslaternen brannten bereits, als sie über die Parramatta Road zur Straßenbahnhaltestelle lief. An einer Kreuzung trat sie vom Gehweg auf den Straßenasphalt, um einer riesigen Pfütze auszuweichen. Aus dem Augenwinkel bemerkte sie, wie in dem schmuddeligen Haufen Unrat, den die Regenmassen im Rinnstein zusammengeschoben hatten, etwas aufblitzte. Als sie behutsam mit ihrer Schuhspitze daran tippte, funkelte es metallisch auf. Irgendein Gegenstand lag dort verborgen.

Sie bückte sich und stellte verblüfft fest, dass es sich um eine Art Anstecknadel handelte. Sie zog einen Handschuh aus, hob den Gegenstand auf und drehte ihn vorsichtig in der Hand. Es war eine schmutzverkrustete Brosche mit einem braunen Stein in der Mitte. Grashalme und winzige Steinchen hatten sich in der filigranen Silberarbeit verfangen. Sie fischte ein Taschentuch aus ihrem Abendtäschchen und wickelte die Brosche erst einmal darin ein. Später wollte sie sich ihren tollen Fund genauer anschauen.

Kaum dass die Straßenbahn den Broadway hinaufratterte, brannte Jennifer vor Neugier und konnte es nicht mehr aushalten. Sie nahm die Brosche wieder aus ihrer Tasche, wickelte sie aus. Nachdem sie mithilfe des Taschentuchs die gröbsten Schmutzpartikel entfernt hatte, begutachtete sie das Stück von allen Seiten. Der Clip war defekt, vermutlich vom vielen Tragen, auf der Rückseite waren merkwürdige Symbole in die Silberfassung, die den Stein umgab, eingraviert. Der Stil war altmodisch. Sie kannte sich bei Schmuck nicht aus, tippte jedoch darauf, dass das gute Stück mindestens fünfzig Jahre alt war. War es wertvoll? Sie hatte keine Ahnung, ob der braune Stein echt war. Vielleicht war es schlicht dunkles Glas in einer ausgefallenen Fassung. Der Pfandleiher in der Glebe Point Road würde ihr bestimmt nicht viel dafür geben. Jennifer beschloss, ein paar Aushänge in den umliegenden Ladenfenstern zu machen, ob jemand sie verloren hätte. Wenn sich niemand meldete, würde sie die Brosche eben behalten. Sobald sie etwas Geld übrig hätte, wollte sie den Verschluss reparieren lassen.

Beschwingte Tanzmusik von Hal Carters achtköpfiger Band wogte ihr von der Vortreppe zur Town Hall entgegen. Sie bezahlte ihren Eintritt und schob sich durch den Eingang. Die riesige Stadthalle war zum Bersten gefüllt: Frauen in Abendroben, Frauen in Uniform, Männer in Heeres-, Marine- und Luftwaffenuniformen sowie amerikanische Streitkräfte. Wie sollte sie Peggy und ihren Freund Bruce in diesem Wahnsinnsgetümmel bloß finden?

Kaum dass sie Hut, Jacke und ihren Schirm an der Garderobe abgegeben hatte, bat ein junger Seemann sie um den nächsten Tanz. Aus reiner Höflichkeit sagte sie zu und hoffte inständig, dass er nicht zwei linke Füße hätte.

Eine Stunde später, ihre Wangen leuchtend rosarot vom unermüdlichen Tanzen, entdeckte Jennifer Peggy und Bruce. Sie standen am Rand der Tanzfläche und plauderten mit einer Gruppe uniformierter Männer und Frauen.

»Ich hab gar nicht mehr mit dir gerechnet!«, kreischte Peggy übermütig, als sie ihre Freundin sah. »Komm, ich stell dich unseren neuen Freunden vor.«

Jennifer konnte sich die vielen Namen, die Peggy

aufzählte, beim besten Willen nicht merken. Einer hieß Rex und war bei der Luftwaffe, und dann waren da noch ein paar andere, deren Namen sie prompt wieder vergaß. Ein Offizier, ebenfalls in Luftwaffenuniform, fiel ihr spontan ins Auge, weil er der attraktivste Mann in der Gruppe war: groß, mit dunkelbraunen Haaren und strahlend blauen Augen. Er hieß Mike. Als er ihr lächelnd Hallo sagte, überlief ein warmes Kribbeln ihre Wirbelsäule.

»Lust zu tanzen, Jennifer?«, fragte er, bevor Rex oder die anderen ihm zuvorkamen.

Jennifer spähte auf die Tanzfläche, registrierte, dass es kein wilder Jitterbug war, sondern ein moderater Foxtrott. »Ja, gern«, antwortete sie.

Mike war ein guter Tänzer. Er ging nicht auf Tuchfühlung, hielt sie aber auch nicht meterweit auf Abstand. Er hatte weder Schwitzehändchen noch eine Alkoholfahne. Sie hatte genug Tanzveranstaltungen besucht, um zu wissen, dass etliche Männer einen kleinen Flachmann dabeihatten, weil sie sich erst einmal richtig Mut antrinken mussten. Nachher gingen sie dann beim Tanzen in Nahkampfstellung und den Partnerinnen an die Wäsche. Für solche Fälle hatte Peggy ihr Notfallregeln eingeimpft: Komm aus dem Takt, verhedder dich mit den Beinen und tritt ihnen gehörig auf die Hühneraugen. Wenn das nichts nützt, sagst du, du hast Kopfschmerzen, und dann machst du fluchtartig die Mücke.

Bei Mike kam sie gar nicht erst auf solche Ideen: Er tanzte fabelhaft gut. »Ich hab dich hier noch nie gesehen«, sagte sie.

»Ich war in England stationiert. Und bin erst seit Kurzem wieder zurück, für ein Flug-Vorbereitungstraining auf den Lancaster-Maschinen. Alles mal eben so huschhusch und hoppladihopp, versteht sich.« Er lachte. »Was magst du lieber – wenn ich dich Jenny oder Jennifer nenne?«

Ein Lächeln huschte über ihre Züge. »Jenny ist okay. Dann bist du also Pilot?«

»Nein, Bordingenieur, Spezialgebiet Navigation. Mein Kamerad Rex ist Pilot. Vornehmlich auf den Lancasters.« Er grinste entwaffnend. »Und jetzt zu dir. Erzähl mir von Jenny Smith – ich meine, was machst du so?«

»Ich arbeite bei David Jones, genau wie Peggy. Schuhe, Kurzwaren, manchmal auch in der Herrenabteilung … halt immer da, wo gerade jemand gebraucht wird.«

»Und?«

»In meiner Freizeit stricke ich warme Socken für die Soldaten und helfe beim Roten Kreuz, wo ich Verbandsrollen schneide und wickle, Decken, Kleidung und dergleichen zusammenstelle. Was eben so anliegt.« In ihren braunen Augen blitzte der Schalk. »Alles mal eben huschhusch und hoppladihopp, genau wie bei dir.«

Er warf den Kopf zurück und lachte schallend. »Ich mag deinen Humor, Jenny Smith. Hast du Lust auf eine Tasse Tee? Dahinten, wo es nicht so laut ist und wir uns unterhalten können?«

»Klingt gut.« Es war ein angenehmes Gefühl, ausnehmend angenehm sogar, als er seine Hand unter ihren Ellbogen schob und sie von der Tanzfläche zu ein paar weiß eingedeckten Tischen führte, auf denen große Emaillekannen mit Tee, heißem Wasser und Milch sowie Stapel mit Tassen und Untertellern standen. Daneben Platten mit einfachem Gebäck. O Schreck, Sixpence für eine Tasse Tee mit einem staubtrockenen Keks! Das war wahrlich kein Pappenstiel, allerdings wurde der

Erlös für gute Zwecke gespendet, sann Jenny, während sie sich in die Schlange der Wartenden einreihten. Zum Glück war Mike ein echter Gentleman und lud sie ein.

Ein Gesprächsthema zu finden war für die beiden überhaupt kein Problem. Sie erzählte ihm von ihrer Arbeit im Kaufhaus, wo sie wohnte und wie sie sich ehrenamtlich engagierte. Er berichtete ihr von seinen Kriegserfahrungen und dass er zum Leidwesen seiner Eltern mit neunzehn der Armee beigetreten sei, statt an der Uni Architektur zu studieren. Inzwischen habe er es mit den entsprechenden Schulungen bis zum Bordingenieur gebracht, erklärte er stolz. Und dann sei im letzten Jahr der Abschiedsbrief seiner Verlobten hereingeflattert. Sie habe ihn Knall auf Fall verlassen und einen amerikanischen Soldaten geheiratet.

»Das war bestimmt ein Schock für dich«, murmelte sie mitfühlend.

Er straffte die Schultern. »Damals ja, aber inzwischen bin ich darüber hinweg. Im Großen und Ganzen betrachtet, war es sicherlich das Beste für alle Beteiligten. In Kriegszeiten ist der Dienst bei der Luftwaffe mit … Risiken verbunden.«

Die ersten Akkorde von Glen Millers »American Patrol« erklangen über die Tanzfläche. Mikes Melancholie war unversehens wie weggeblasen. »Ich mag diese Nummer. Man kann himmlisch darauf tanzen.«

Sie tanzten, bis die Band »Goodnight, Sweetheart« spielte. Er bestand darauf, sie in der Straßenbahn zu begleiten und zur Glebe Point Road zu bringen, wo sie wohnte.

»Ich hab eine Woche Heimaturlaub«, erklärte er, als sie vor der Tür des Mietshauses standen. »Ich hoffe, wir können uns noch öfter sehen. Ich meine«, er bedachte sie mit einem jungenhaften Lächeln, »natürlich nur, wenn du magst.«

Statt zu zögern und so zu tun, als wollte das erst reiflich überlegt werden, strahlte sie ihn spontan an, denn er sprach ihr aus der Seele. »Sehr gern«, sagte sie hastig, ihr Stimme eine Spur rauer als sonst.

»Morgen ist Sonntag. Wir könnten mit der Fähre nach Manly übersetzen. Dort einen Happen essen und die Möwen füttern.«

»Und einen langen Strandspaziergang machen? Zum Baden ist es sicher noch zu kalt, oder?«

»Du magst das Meer, mmh?«

»Und wie! Als wir Kinder waren, nahm Dad meinen Bruder und mich im Sommer oft mit zum Coogee Beach«, erzählte sie. Sie öffnete ihre Handtasche und wühlte nach dem Schlüssel. Die Haustür wurde jeden Abend um Punkt elf Uhr abgeschlossen. Ihr Finger tippte an etwas Kühles – die Brosche. Sie nahm sie aus der Tasche, um sie Mike zu zeigen, aber die Außenbeleuchtung des Mietshauses war so dämmrig, dass er weder die feine Arbeit noch das Funkeln des Steins wahrnahm. »Ich hab sie heute Abend auf dem Weg zum Tanzen gefunden. Sie scheint mir recht alt, und der Verschluss ist defekt. Ich hab mir überlegt, dass ich in den umliegenden Ladenfenstern einen Aushang mache. Für den Fall, dass sie jemand hier aus der Gegend verloren hat. So verdreckt, wie sie war, lag sie vermutlich schon seit Monaten im Rinnstein.«

Mike nahm ihr die Brosche aus der Hand und hielt sie dicht an ihr Gesicht. »Grundgütiger, weißt du was? Der Stein hat fast die gleiche Farbe wie deine Augen. Es ist ein Topas.«

Jenny errötete vor Verlegenheit über sein Kompliment, was bei den diffusen Lichtverhältnissen jedoch nicht weiter auffiel. »Danke«, murmelte sie.

»Weißt du, mein Vater ist Goldschmied. Er könnte sie dir reparieren«, schlug er vor.

»Ich denke, damit warte ich besser noch. Womöglich meldet sich ja jemand und will sie zurück. Wenn nicht, vielleicht später, wenn ich es mir leisten kann.« Und das konnte noch etliche Wochen dauern. Sie wünschten einander eine gute Nacht. Er wartete, bis sie im Haus verschwunden war, bevor er ging.

Während sie wach in ihrem Bett lag und dem sanften Rauschen in den Zweigen des Maulbeerbaums lauschte, der neben dem Haus stand, ließ Jenny den Abend vor ihrem geistigen Auge Revue passieren. Zuerst hatte sie die Brosche gefunden und dann Mike. *Mike.* Sie ließ den Namen auf der Zunge zergehen und hatte plötzlich Schmetterlinge im Bauch. Ihr Herz tanzte. So hatte sie noch bei keinem empfunden, obwohl sie seit ihrem Umzug nach Glebe mit vielen Männern ausgegangen war. Peggy versuchte förmlich, sie mit Dates zuzuschütten.

Bevor sie in das Reich der Träume glitt, galt ihr letzter Gedanke Mike Westaway. Man musste ihn einfach mögen. Offen gestanden war er der erste Mann, der ihr gefiel. Himmlisch gut sogar.

# 7

Peggy Walsh steuerte auf ihre Freundin zu, die gerade Herrenpullover faltete und ordentlich ins Regal zurücklegte. »Na, Jenny, wie findest du ihn?«, flüsterte sie und zog fragend die Brauen hoch.

Sekundenlang tat Jenny so, als kapierte sie nicht, worauf Peggy hinauswollte – bis ihre Freundin sie mit dem Ellbogen nicht eben sanft in die Rippen stieß. »Oh! Du meinst Mike. Also ich finde, er ist ein Supertyp.«

»Er sieht klasse aus, so viel steht schon mal fest. Wenn ich nicht mit Bruce zusammen wäre, würde ich voll auf ihn abfahren.« Peggy bedachte sie mit einem vielsagenden Blick. »Hat er, ich meine, habt ihr euch schon geküsst?«

Statt einer Antwort nahmen Jennifers Wangen eine leuchtend erdbeerrote Färbung an. Sie spähte hektisch durch den Gang und gewahrte, dass der Abteilungsleiter im Anmarsch war. »Achtung, da kommt Mr. Cotter. Sue aus der Kosmetikabteilung meinte, mit ihm sei heute nicht gut Kirschen essen.«

»Tja, vermutlich hatte er wieder mal Zoff mit seiner Frau. Ich hab läuten hören, dass die beiden sich ständig in den Haaren liegen«, versetzte Peggy schulterzuckend. »Wir sehen uns in der Pause, okay? Schlendern wir rüber in den Hyde Park und genießen ein bisschen die Sonne?«

»Ich bin dabei.«

Zehn Minuten später – sie faltete erneut Pullover, nachdem zwei ältere Damen die Regale durchwühlt und ein mittleres Chaos zurückgelassen hatten – sagte jemand hinter ihr: »Miss, ich suche eine Strickjacke mit Taschen, in Marineblau oder Anthrazit. Haben Sie so etwas da in meiner Größe?«

»Mike!« Sie erkannte ihn spontan an der Stimme und wirbelte herum. »Was machst du denn hier?«

Er grinste entwaffnend, während er ihr gefälliges Äußeres registrierte: ihr schwarzes Kleid mit dem adretten weißen Kragen und ebensolchen Manschetten; die bequemen schwarzen Schuhe mit den flachen Absätzen. »Einkaufen, natürlich. Aus welchem anderen Grund sollte ich sonst an einem so traumhaft schönen Herbsttag bei David Jones vorbeischauen?«

Ihr war klar, dass er sie aufzog und nur ihretwegen vorbeischaute. Für den Fall, dass Mr. Cotter sich irgendwo in der Nähe herumtrieb und das Personal bespitzelte, erwiderte sie höflich: »Wenn Sie mir bitte folgen möchten, Sir. Ich zeige Ihnen gern, was wir auf Lager haben. Durch den Krieg ist das leider nicht viel.«

»Aaah ja, der Krieg.«

Sie bemühte sich, nicht pausenlos auf seine Fliegeruniform zu starren, zumal er darin umwerfend aussah. Eine gute halbe Stunde probierte er Jacken in sämtlichen Farben und Größen an, währenddessen plauderten sie über alles Mögliche.

»Wann hast du Mittagspause? Können wir uns dann treffen?«, drängte er. »Bitte.«

Jenny dachte an Peggy: Sie wäre zwar enttäuscht, hätte aber sicher Verständnis. Außerdem hätte ihre Freundin absolut kein Problem damit, ihr einen Korb zu geben, wenn Bruce mit einer spontanen Einladung zum Lunch hereinschneien würde. »Um halb eins. Für eine Dreiviertelstunde«, raunte sie ihm zu.

»Super.« Seine blauen Augen strahlten. »Wir treffen uns im Cahill's an der George Street, abgemacht?« Bevor er das Geschäft verließ, kaufte er noch eine von den Strickjacken.

Am Nachmittag, als Jenny in der Herrenbekleidung und nachher noch in der Schuhabteilung bediente, ging ihr Mike nicht aus dem Kopf. Gleich beim Tanzen hatte es zwischen ihnen gefunkt. Sie hatte sich bis über beide Ohren in ihn verknallt und dachte mit Schrecken daran, dass er in knapp einer Woche wieder nach England fliegen würde. Womöglich würde sie ihn dann eine ganze Weile nicht wiedersehen. Wie sollte sie die schmerzliche Trennung von ihm aushalten? Mit Sockenstricken und Bandagenrollen für das Rote Kreuz? Das mochte zwar sinnvoll und nützlich sein, eine interessante Ablenkung war es jedoch nicht.

An diesem Abend lud Mike sie ins Dove's Restaurant ein, das eigentlich mehr ein Café war. Im Tausch für seine Lebensmittelkarten bestellte er ein Zweigängemenü, das aus Steak und Nierenpastete mit Gemüse bestand, zum Dessert gab es Weinschaumcreme. Nachher führte er sie zum Tanzen aus in einen glamourösen, teuren Privatclub am Kings Cross, wo sie auf Mikes Kriegskameraden Rex Allsop mit seiner Freundin trafen. Sie gesellten sich zu den beiden, Jenny gewann jedoch zunehmend den Eindruck, dass Mike Rex und Alice am liebsten auf einen anderen Stern gewünscht hätte, weil er den Abend mit ihr allein verbringen wollte.

Aus reiner Höflichkeit tanzte Mike mit Alice, während Rex und Jenny plaudernd am Tisch zurückblieben. »Kennen Sie und Mike sich eigentlich schon lange, Rex?«, fragte Jenny.

»O ja. Wir waren schon in der Schule zusammen, wir haben etwa um dieselbe Zeit unseren Militärdienst absolviert, und wir sind in derselben Staffel, allerdings fliegen wir nicht immer in derselben Maschine.« Er nickte bekräftigend.

»Schätze, Sie haben eine Menge zusammen erlebt, mmh?«

Er schmunzelte. »Da liegen Sie goldrichtig, das haben wir. Da könnte ich Ihnen Geschichten erzählen!« Er neigte sich zu ihr und senkte die Stimme. »Mike war schon immer ein heiß umschwärmter Frauentyp, und als wir auf Malta waren, hatte eine Lady einen ganz besonderen Narren an ihm gefressen. Sie hätte es fast geschafft, ihn vor den Traualtar zu schleifen. Nachdem ihr Vater ihm die Knarre zwischen die Schulterblätter geklemmt hatte, hatte er verdammt schlechte Karten. Er kann von Glück sagen, dass ich zufällig mit ein paar Jungs vorbeikam. Wir erklärten dem vermeintlichen Brautvater, dass Mike verheiratet wäre und zwei Kinder zu Hause sitzen hätte. Damit konnten wir ihn rausboxen. Sie können sich bestimmt vorstellen, dass wir mit unseren Bombern ruck, zuck wieder abgedüst sind.«

Jenny musste lachen. Rex hatte etwas Draufgängerisches an sich. Aber Mike vermutlich auch, oder? »Hoffentlich stimmt das nicht«, murmelte sie. »Ich meine das mit der Ehefrau und den Kindern.«

»Ach was, nöö. 'tschuldigung, das war nur ein Vorwand! Mike war ungelogen geknickt wie eine Primel, als seine Verlobte ihn damals in die Wüste geschickt hatte.« Er fixierte sie für eine lange Weile. »Wissen Sie, Sie sind seit Langem die erste Frau, an der er was findet. Ähm … schätze, er mag Sie wirklich.«

»Das trifft sich gut, ich mag ihn nämlich auch«, versetzte sie entwaffnend ehrlich.

»So was Ähnliches hab ich mir schon gedacht. Glauben Sie mir, wenn wir nach England zurückmüssen, dann können Sie sicher sein, dass ich ein Auge auf ihn habe. Ich könnte Sie informieren, wenn … ich meine … falls er in irgendwelche Schwierigkeiten gerät.«

Im Klartext: Falls ihm irgendetwas zustoßen sollte! Rex sagte es nicht direkt, aber sie kapierte es auch so. »Das ist nett von Ihnen, aber ich habe so ein Gefühl, dass schon nichts schiefgehen wird.«

Mike und Alice kehrten an den Tisch zurück, fielen mit einem erschöpften »Uff!« auf ihre Stühle und schnappten sich ihre Drinks.

Alles in allem war es ein netter geselliger Abend, aber richtig glücklich waren sie erst, als sie händchenhaltend in der Straßenbahn saßen und ihre Zweisamkeit genießen konnten.

»Inzwischen hab ich dir alles über mich und meine Familie erzählt, aber von dir weiß ich so gut wie gar nichts, Mike«, sagte Jenny.

»Ich bin ein offenes Buch und hab keine Geheimnisse vor dir. Ich wohne mit meinen Eltern am Centennial Park, habe zwei ältere Schwestern, und die Älteste, Claire, bekommt in Kürze ein Baby. Ich wollte Architektur studieren, aber dann kam der Krieg dazwischen, und ich ließ mich direkt anwerben, sehr zu Dads Leidwesen. Er diente im Ersten Weltkrieg und versuchte mir beizubiegen, dass es kein Zuckerschlecken werden würde.« Er wurde ernst. »Mittlerweile stimme ich ihm da zu.«

»Wieso bist du ausgerechnet zur Air Force gegangen?«

Er dachte scharf nach. »Ich hasse Marschieren, folglich schied die Armee für mich aus. Und ich werde seekrank, also nix mit Marine. Dafür liebe ich das Fliegen. Und in naher Zukunft werden immer mehr Menschen fliegen, glaub mir, damit entwickeln sich zivile Flugzeuge zu einem nicht unbedeutenden Transportmittel.«

Die Ernsthaftigkeit, mit der er das beteuerte, brachte Jenny zum Lachen. »Das hast du aus deiner Kristallkugel gelesen, was?«

Er drückte zärtlich ihre Hand und wandte sich ihr

im Halbprofil zu. »Wart's nur ab, Miss Naseweis. Nach dem Krieg, wenn sich die Lebensumstände wieder normalisieren …«

»Ts, ts, nach dem Krieg«, seufzte sie und wackelte mit den Augenbrauen. »Ich wünschte, ich bekäme jedes Mal einen Shilling, wenn der Ausspruch fällt. Dann wäre ich nämlich steinreich. Die Alliierten mögen zwar in Frankreich landen und Hitlers Armee zur Kapitulation zwingen, aber was ist mit den Japanern, die uns im Nacken sitzen? Sie besetzen eine Pazifikinsel nach der anderen. Überleg mal, was sie vor ein paar Jahren mit Darwin gemacht haben.« Sie schüttelte den Kopf. »Hunderte von Menschen wurden getötet, zig Bomben abgeworfen, Schiffe im Hafen versenkt, Flugzeuge zerstört. Und ihre Mini-U-Boote nehmen Kurs auf den Hafen von Sydney! Die Japaner sind für Australien eine größere Bedrohung als Hitler.«

Er nickte. »Stimmt, und sie würden es als einen militärischen Supercoup werten, wenn sie Australien einnehmen könnten.« Er gewahrte das panische Aufflackern in ihrem Blick. »Aber keine Bange, das wird nicht passieren. Sobald die Alliierten Hitler in die Knie gezwungen haben, ziehen wir unsere Armee ab, um den Pazifik zurückzuerobern.«

»Hoffentlich.«

»Komm, lass uns über angenehmere Dinge sprechen. Über uns zum Beispiel. Ich hab nur noch fünf Tage Heimaturlaub.«

Als sie von der Haltestelle zu ihrer Wohnung schlenderten, war es fast elf. Sie standen am Tor, schauten sich unschlüssig an. Wer würde den Anfang machen und dem anderen eine gute Nacht wünschen?, seufzte Jenny insgeheim. Sie mochte sich nicht von ihm trennen. Am liebsten hätte sie die ganze Nacht so dagestanden. Mit einer Hand fuhr Mike abwesend über den Gartenzaun, die andere lag locker um ihre Taille. Schließlich neigte er sich vor und hauchte ihr einen zarten Kuss auf die Lippen.

»Meine süße Jenny. Ich wünschte …« Seiner Kehle entfuhr ein gedämpftes Stöhnen. »Autsch!« Ein Holzsplitter hatte sich in seinen Handballen gebohrt. »Verdammt, tut das weh!« Er ließ sie los, um den Splitter zu entfernen, doch der brach ab, und ein Teil blieb unter der Haut stecken.

»Wir sollten ihn herausziehen, sonst entzündet sich die Stelle noch«, entschied Jenny. »Komm mit hoch. In meinem Zimmer hab ich einen Erste-Hilfe-Kasten mit Pinzetten und Antiseptikum.«

»Wie soll das denn gehen, nachdem deine Vermieterin die Eingangstür abgeschlossen hat? Nachher merkt sie noch was«, warnte er.

»Der Hintereingang ist zwar auch abgeschlossen, aber ich weiß, wo sie den Schlüssel versteckt.« Sie grinste verschwörerisch. »Komm schon, aber sei leise. Mr. Smithers im Erdgeschoss hat einen leichten Schlaf.«

»Ich bin mucksmäuschenstill. Aber«, er fasste sie sanft am Arm, »müsst ihr euch nicht an bestimmte Regeln halten? Von wegen … ähm … kein Herrenbesuch auf dem Zimmer und so?«

»Klar doch. Mrs. Owens würde einen Nervenzusammenbruch kriegen, wenn sie wüsste, dass ich dich mit nach oben nehme. Aber«, sie warf ihm einen schiefen Seitenblick zu, »das hier ist ein medizinischer Notfall, oder etwa nicht?« Sie ließ unerwähnt, dass die meisten Mädchen, die wie sie dort zur Miete wohnten, bisweilen die Hausordnung übertraten. Peggy beispielsweise schleuste ihren Bruce fortwährend heimlich ein.

Der Schlüssel lag an seinem angestammten Platz über dem Türrahmen. Jenny schloss auf, schob geräuschlos die Tür auf und legte ihn wieder zurück. Sie winkte Mike ins Haus. Sie schlichen sich auf Zehenspitzen durch die Küche, den Flur und die Treppe hinauf. In ihrem Zimmer machte sie Licht und deutete auf den Tisch, der am Fenster stand. Dort knipste sie eine kleine Stehlampe an. »Ich hol eben das Erste-Hilfe-Set«, formten ihre Lippen ein gehauchtes Flüstern.

Sie fand es himmlisch, dass er bei ihr war. Schon hatte sie wieder dieses wohlige Kribbeln in der Magengrube. Da schwante es ihr: Sie hatte sich in ihn verliebt. Deshalb dachte sie ständig an ihn, sehnte sich nach seiner Nähe. Am liebsten wäre sie für immer mit ihm zusammengeblieben. Sie kannten sich zwar erst kurz, trotzdem zweifelte sie keine Sekunde lang an der Echtheit ihrer Gefühle. Bei ihren Eltern war es Liebe auf den ersten Blick gewesen, und diese Liebe hatte bis in den Tod gewährt.

Jenny war sich fast körperlich bewusst, dass er sie mit Blicken verfolgte, während sie über das Linoleum und den billigen Teppich glitt, der das halbe Zimmer einnahm und ihre Schritte dämpfte. Behutsam öffnete sie die Tür der Schrankwand, in der ihre Kleidung und ihre übrigen Habseligkeiten verstaut waren. Die Zigarrenkiste lag im zweiten Schubfach. Sie nahm sie heraus, lief auf Zehenspitzen zum Tisch zurück und setzte sich ihm gegenüber. Sie öffnete das Holzkästchen und wühlte darin herum.

»Gib mir deine Hand, Mike.« Er gehorchte. »Da hast du dir aber einen ordentlichen Splitter eingefangen«, meinte sie skeptisch. »Beiß die Zähne zusammen. Es kann ein bisschen wehtun.«

Nachdem sie den Splitter herausgezogen und die Wunde versorgt hatte, sagte sie: »Möchtest du noch eine Tasse Tee, bevor du gehst? Allerdings ohne Milch – die ist mir leider ausgegangen.«

»Kein Problem. Ich trink ihn auch so.« Sein Blick schweifte von Neuem durch den Raum. Registrierte den wuchtigen Schrank aus Walnussholz mit den diversen Schubfächern, das schmale Bett mit der bunt geblümten Tagesdecke, ihren gemütlichen Schaukelstuhl und das Tischchen, auf dem eine Nähmaschine mit einem begonnenen Kleidungsstück stand. »Hast du das Zimmer möbliert gemietet?«, wollte er wissen.

»Nein, ich hab die Möbel aus Redfern mitgebracht. Dad schickte mir regelmäßig einen Scheck für die Miete. Nach seinem Tod musste ich umziehen und das Meiste verkaufen. Der Rest steht hier.«

»Ich finde, du hast es sehr gemütlich.«

»Danke.« Sie strahlte vor Freude, dass er sich bei ihr wohlfühlte. »Wenn ich frei habe, bin ich oft hier. Oder ich gehe am Kai spazieren, wo ich die Schiffe beobachte, die im Hafen anlegen oder auslaufen.« Sie deutete auf einen ausgebeulten Seesack, der neben dem Schaukelstuhl stand. »Der ganze Sack ist voller Stricksocken. Für die Armee. Und da drin«, sie tippte auf eine große Holzkiste, »sind Verbandsrollen für das Rote Kreuz. Damit beschäftige ich mich in meiner Freizeit.«

»Wenn bloß alle Leute so engagiert wären wie du …« Er unterbrach sich und warf einen Blick auf seine Taschenuhr. »Schon fast zwölf. Ich mach jetzt besser den Abflug.«

Jennifer wollte nicht, dass er ging. Und las in seinen

Augen, dass er ähnlich empfand. Er stand auf, trug ihre Tassen zu dem altmodischen, fleckigen Keramikspülbecken, stellte das Geschirr klirrend darin ab. Sie war ihm leise gefolgt. Als er sich umdrehte, stand sie vor ihm. Spontan umschloss er ihre Taille und zog sie an sich. Zaghaft schlang sie die Arme um seinen Nacken. So verharrten sie, lauschten auf den Atem des anderen, den aufgewühlten Rhythmus ihrer Herzen, genossen jede Sekunde, die Wärme ihrer Leiber, die Magie der Sinnlichkeit, die sie berauschte.

Seine Hände umschlossen ihr Gesicht, hoben zärtlich ihr Kinn an. Sein Mund fand den ihren, küsste sinnlich, erfahren, und als sie verwundert die Lippen öffnete, konnte er der lockenden Versuchung nicht widerstehen. Sein Kuss wurde fordernder, seine Zunge verschmolz mit der ihren, entfachte einen Sturm der Leidenschaft, etwas, was Jenny völlig neu war. Mikes Liebkosungen, seine Nähe, seine Küsse bescherten ihr ungeahnte Wonnen. Ein himmlisch erotisierendes Prickeln erfüllte ihren Körper, peitschte ihren Hormonspiegel in schwindelnde Höhen, sensibilisierte jede Pore ihrer Haut. Dieses Gefühl machte süchtig – sie wollte mehr davon.

Sie ließ ihn gewähren, als er sich behutsam zu ihren Brüsten vortastete und sie zärtlich streichelte. Und sträubte sich nicht, als er mit der anderen Hand ihre Taille umschloss und ihr Becken an seines presste, damit sie seine pulsierende Erektion spürte. Ließ sich willig von ihm zum Bett führen, wo sie sich stürmisch küssten. Er löste sich sanft aus ihrer Umarmung, schob sie auf das Bett, küsste und koste sie, verwöhnte Körperzonen, die noch nie jemand berührt hatte. Bis ihr Herz taumelte und ihr schwindlig wurde vor Lust.

Dann, unvermittelt, hielt er inne. Er setzte sich auf, bog

den Oberkörper zurück und betrachtete sie versunken. »Du bist wunderschön und … Jenny, ich begehre dich wahnsinnig. Besser, ich gehe jetzt, bevor wir die Kontrolle über uns verlieren.« Er schob sich mit fahrigen Fingern die Haare aus den Schläfen.

Wie um sich Mut zu machen, atmete sie tief durch, bevor sie ihm leise zuwisperte, was ihr auf der Seele brannte. »Ich möchte nicht, dass du gehst. Bitte bleib.« Sie hörte, wie er scharf den Atem einzog, gewahrte die Mischung aus Erleichterung und Euphorie, die in seinen Augen aufblitzte. Da wusste Jenny, dass sie goldrichtig handelte. Ihnen blieb so wenig Zeit, in ein paar Tagen musste er zurück in diesen unsäglichen Krieg, und sie wollte sich die schönste und kostbarste aller Erinnerungen an ihn bewahren, bis sie einander endlich wiedersehen würden.

Er umfasste mit kosenden Fingern ihr Gesicht und sah ihr tief in die Augen. »Du bist das liebste, das bezauberndste Mädchen, das ich kenne. Ich hab dich bestimmt nicht verdient, aber ich werde alles tun, um dich glücklich zu machen.«

Sie lächelte beseelt, derweil seine Lippen die ihren mit einem sinnlichen Kuss besiegelten.

Jenny ging das Risiko einer fristlosen Kündigung ein, indem sie sich für den Rest der Woche krank meldete. Ihr grauste zwar bereits vor der saftigen Gardinenpredigt von Mr. Cotter, wenn sie am nächsten Montag wieder auftauchte, aber das war erst einmal nebensächlich. Hauptsache, sie konnte jede freie Minute mit Mike verbringen. Sie unternahmen lange Spaziergänge am Strand von Coogee, machten ein Picknick im Centennial Park, fuhren mit dem Zug nach Parramatta: Ausflüge, die nicht die Welt kosteten, zumal beide jeden Penny zweimal umdrehen mussten. Hinzu kamen diverse Rationierungen und Einschränkungen durch den Krieg. Nachts nahm sie ihn heimlich mit auf ihr Zimmer, wo sie sich in dem schmalen Bett liebten und eng umschlungen einschliefen. Für Jenny war es eine traumhaft neue Erfahrung – die wenigen kostbaren Tage, in denen sie unermesslich viel miteinander erlebten und voneinander erfuhren.

Der Sonntagnachmittag kam viel zu schnell; sie standen eng umschlungen auf dem Bahnsteig und warteten beklommen, bis der Stationsvorsteher sein letztes »Bitte einsteigen, Türen schließen« rief und der Zug nach Richmond sich langsam in Bewegung setzte. Rex umarmte Alice, schnappte sich nach einem langen Abschiedskuss seinen Seesack und setzte die Stufen hinauf. Brüllte Mike aus dem Zug zu, er solle sich beeilen. »Ich halt dir einen Platz frei, Kumpel.« Er winkte, hauchte Jenny einen Luftkuss zu und verschwand im Abteil.

Jenny versuchte angestrengt, nicht an England zu denken oder an die Einheit, mit der Mike dort fliegen würde. Ganz zu schweigen davon, wie gefährlich seine Einsätze waren. Sie hatte etliche Statistiken gelesen und wusste inzwischen, dass Kampfgeschwader für gewöhnlich lange in der Luft blieben und mithin einem nicht zu unterschätzenden Abschuss-Risiko ausgesetzt waren. Wenn er nun gefangen genommen würde? Oder Schlimmeres? Nein, schalt sie sich, solche Erwägungen waren absolut tabu. Nicht jetzt. Sie mochte die letzten gemeinsamen Minuten nicht von derart deprimierenden Visionen überschattet wissen.

Er lockerte die Umarmung und sagte ohne Vorankündigung mit ernster Miene: »Willst du mich heiraten, wenn der Krieg vorbei ist, Liebes?« Augen voller Liebe senkten sich in die ihren. »Wenn ich weiß, dass du auf mich wartest, dann pass ich verdammt auf, dass ich heil zu dir zurückkomme.« Er kramte in seiner Hosentasche, holte eine kleine Schachtel heraus. Ließ sie aufschnappen und enthüllte einen funkelnden Diamantring.

»O ja. Ja, Mike, natürlich will ich das.« Sie antwortete ihm unter Tränen, warf die Arme um seinen Hals, klammerte sich an ihn wie eine Ertrinkende. Sie wollte nicht, dass er ging. Was machte es schon aus, dass sie sich erst eine Woche kannten? Sie hatte in Mike ihre große Liebe gefunden – er war der Eine, der Mann, mit dem sie sich eine gemeinsame Zukunft ausmalte. Mit dem sie leben, lieben, alt werden wollte.

Er nahm den Brillantsolitär aus dem Etui und steckte ihn an ihren Ringfinger, er passte perfekt. Sie besiegelten ihre Verlobung mit einem langen Kuss und einer leidenschaftlichen Umarmung. Durch einen Schleier aus Tränen bemerkte Jenny andere Paare auf dem Bahnsteig, die eng umschlungen Abschied voneinander nahmen. Es war ein schwacher Trost, seufzte sie insgeheim, dass es anderen nicht besser erging als ihnen.

Der Stationsvorsteher setzte das Megaphon zu einer letzten Ankündigung an seine Lippen. »Letzte Aufforderung, alles einsteigen!« Wie zur Bestätigung entwich dem Schornstein der Lokomotive eine zischende Dampfwolke, und nach einem schrillen Pfiff ruckte der Zug an und setzte sich langsam in Bewegung.

»Ich muss gehen, Liebling«, sagte Mike. »Wenn ich diesen Zug verpasse, bekomme ich schwer Ärger.« Nachdenklich setzte er hinzu: »Uns blieb nicht mal Zeit, meine Eltern zu besuchen, aber ich schreibe Mum, dass sie mit dir Kontakt aufnehmen soll. Ich möchte nämlich, dass du die beiden kennen lernst, während ich in England bin.«

Sie blinzelte die Tränen fort und lächelte tapfer. »O ja, das fände ich schön.«

Mike löste sich aus ihrer Umarmung, kniff ihr zum Abschied neckisch in die Wange. Dann schnappte er sich seinen Armeerucksack, warf ihn über seine Schulter, setzte seine Mütze auf und spurtete zu einer offenen Waggontür. Er sprang auf das Trittbrett, umklammerte das Eisengeländer und lehnte sich bedrohlich weit vor. Versuchte den Lärm des ratternden Zuges mit den Worten zu überbrüllen: »Ich liebe dich, Jenny Smith! Eines Tages wirst du Mrs. Mike Westaway!«

Jennifer kämpfte gegen die Tränen und nickte. Hielt mit einer Hand ihren Hut fest, damit der Fahrtwind des Zuges ihn nicht von ihrem Kopf wehte. Wie die vielen anderen Frauen, die ihre Männer, Geliebten und Söhne auf den Bahnsteig begleitet hatten und deren Mienen vom Schmerz des Abschieds gezeichnet waren, winkte sie stürmisch, selbst als sie Mikes attraktives Gesicht nicht mehr von den anderen Reisenden unterscheiden konnte. Erst als der letzte Waggon als dunkler Punkt am Horizont verschwand, ließ sie ihren Tränen freien Lauf. Dieser Abschied war der schwerste in ihrem jungen Leben gewesen, schlimmer noch als die Abreise ihres Vaters nach Afrika, wo er den Tod gefunden hatte. Oder ihres Bruders Charlie, der nach Malta gesegelt war, von wo er nie zurückgekehrt war.

Ihr grauste vor den langen, einsamen Tagen und Nächten ohne Mike. Sie kannten sich erst kurze Zeit, trotzdem hatte sich ihr Leben für immer verändert. Sie hatte Wünsche und Pläne für die Zukunft. Träume und

Hoffnungen. Der Krieg konnte schließlich nicht ewig dauern, versuchte sie sich zu trösten, als sie vom Bahnhof über die Elizabeth Street zu David Jones lief. Etliche mutmaßten, dass er noch vor Weihnachten vorbei sein würde, also in weniger als acht Monaten. Zwischen Jennys Brauen schob sich eine tiefe Falte. Pah, das behaupteten die Leute seit inzwischen fünf Jahren! Sie zog ihren Handschuh über Mikes Verlobungsring und sandte ein stummes Gebet zum Himmel, dass es dieses Mal stimmen möge.

# 8

»Miss Smith!«, drang Mr. Cotters scharfe Stimme mit der Wucht eines Peitschenknalls an ihre Ohren.

Jenny zuckte unmerklich zusammen und hätte am liebsten Hals über Kopf Reißaus genommen. Sie kam eben von der Damentoilette und wirbelte zu ihm herum. Er musterte sie von oben bis unten.

»Miss Smith, ich bin ein toleranter Mann, aber dieses ständige Gelaufe zur ... äh ... Toilette – das war eben das vierte Mal heute Morgen – kann und werde ich nicht billigen. Wenn Sie dauernd aus Ihrer Abteilung verschwinden und Ihren Job nicht anständig machen, dann muss ich mich um einen Ersatz für Sie bemühen.«

Ein toleranter Mann. Sollte das ein Witz sein? Mr. Cotter war vergleichsweise so tolerant wie ein menschenschindender Diktator. »Ich ... ich ... verzeihen Sie, Mr. Cotter«, stammelte sie. »Ich fühle mich nicht gut.« Das war maßlos untertrieben. Nachdem sie sich seit einigen Tagen morgens fortwährend übergeben musste, fühlte sie sich genau genommen sterbenselend. »Ich glaube, ich hab mir den Magen verdorben.«

Seine Raubvogelaugen hinter der dicken Hornbrille fixierten ihr kränklich blasses Gesicht. »Den Eindruck habe ich langsam auch, Miss Smith.« Er überlegte, griff in die Brusttasche seines Jacketts und zog ein blütenweißes Taschentuch heraus. Er presste sich das Tuch vor den Mund. »Ich hoffe, es ist nichts Ansteckendes. Gehen Sie nach Hause, und legen Sie sich ins Bett, Miss Smith. Kommen Sie erst wieder zur Arbeit, wenn Sie sich richig auskuriert haben. Bitte melden Sie sich aber vorher noch bei Brown in der Personalabteilung krank.« Als sie wie festgewachsen stehen blieb und ihn ungläubig anstarrte, fuchtelte er mit den Händen, als wollte er einen Schwarm lästiger Stechmücken verscheuchen. »Na los, gehen Sie schon.«

Peggy, die gerade ihre Frühstückspause machte, sah, dass Jenny Mantel und Hut anzog und sich die Handtasche unter den Arm klemmte. »Wo willst du denn hin, Liebes?«

»Nach Hause. Ich glaube, ich hab Darmgrippe oder so.«

Peggy grinste mitfühlend. »Du Ärmste. Sobald ich heimkomme, schaue ich bei dir vorbei. Der alte Cotter muss echt einen Narren an dir gefressen haben, sonst hätte er dir längst deine Papiere ausgehändigt und dich gefeuert. Ts, ts, bei dir ist unser bärbeißiger Boss sanft wie ein Reh.«

Jenny lächelte verkrampft, weil ihr Magen schon wieder verrücktspielte. »Falls das eben Cotters sanfte Seite war, dann möchte ich ihn nicht erleben, wenn er mal so richtig ausrastet.«

Sie war heilfroh, dass sie es ohne Brechattacken bis nach Hause schaffte. Nachdem sie sich einen Eimer griffbereit neben ihr Bett gestellt hatte – für den Fall, dass sie sich erneut übergeben müsste –, glitt sie in Shorty und Slip unter die Decke. Wenn sich ihr Zustand in ein, zwei Tagen nicht besserte, würde sie wohl oder übel einen Arzt aufsuchen müssen, überlegte sie, bevor sie erschöpft einschlief.

Peggy klopfte leise an Jennys Zimmertür und weckte ihre Freundin auf.

»Komm rein«, rief Jenny mit kratziger Stimme. »Ich hab nicht abgeschlossen.«

Beschwingt glitt Peggy ins Zimmer, in der einen Hand eine Einkaufstüte, in der anderen ihre Handtasche.

»Wie fühlst du dich, Schätzchen?«

»Besser.«

»Hast du Hunger?«

Jenny grinste und setzte sich im Bett auf. Starrte sehnsüchtig auf die braune Papptüte. »Und wie.«

»Das dachte ich mir«, meinte Peggy. »Ich bin kurz bei Martin's Deli reingesprungen und hab eine Dose Hühnersuppe für dich gekauft. Und ein kleines Toastbrot. Neun Pence hat er mir dafür abgeknöpft, der Halsabschneider! Das ist glatter Wucher.« Sie betrachtete Jenny mit schiefgelegtem Kopf. »Zieh dir was über, Schätzchen. Es ist frisch geworden. Ich mach eben die Suppe warm und steck zwei Scheiben Brot in den Toaster.«

»Du bist ein echter Schatz, Peggy.«

Ihre Freundin verzog keine Miene und konterte: »Ja, ich weiß – ich bin mit Geld nicht zu bezahlen. Ich kann mich allerdings noch gut entsinnen, wie rührend du dich um mich gekümmert hast, als ich mir bei Bruce' jüngerem Bruder die Masern geholt hab.« Sie fuchtelte mit dem Dosenöffner in der Luft herum. »Dieser verfluchte kleine Mistkerl. Konnte er nicht jemand anderen damit anstecken?« Sie zuckte wegwerfend mit den Schultern. »Na ja, auch egal. Eine Suppe mit Toast und eine schöne Tasse Tee sind das Mindeste, was ich für meine Freundin tun kann. Ist doch Ehrensache.«

»Hör mal, findest du das nicht auch merkwürdig? Abends geht es mir blendend, dann kann ich alles essen, und morgens fühle ich mich sterbenselend. Ich glaube, morgen gehe ich mal zum Arzt.«

Peggy wirbelte herum und betrachtete sie eine lange Weile stumm, ehe sie sich wieder der Suppe zuwendete. »Mach mal das Radio an, Liebes. Gleich kommen die Nachrichten.«

Jenny fand den Sender 2UE, wo sie gerade noch das Ende der Nachrichten mitbekamen. *»Die Alliierten rücken vor, und die deutschen Einheiten ziehen sich an die deutsche Grenze zurück, nach Belgien und in die südlichen Niederlande, von wo aus sie weitere Offensiven planen. Damit hoffen sie, das entschlossene Vorrücken der alliierten Streitkräfte zu vereiteln und sie bis zum Winter zu zermürben.«*

Der Krieg. Obwohl die Kampfhandlungen Tausende von Meilen entfernt stattfanden, dominierte er ihr Leben. Alle hofften auf ein baldiges Ende, die Meisten hatten in seinem Verlauf bereits Angehörige und Freunde auf dem Schlachtfeld verloren. Trotzdem empfanden die Menschen eine morbide Faszination, wenn sie von den durchschlagenden Erfolgen der Alliierten in Europa hörten oder im Südpazifik, wo sie Neuguinea von den

Japanern zurückeroberten, nachdem diese eine Insel nach der anderen besetzt hatten.

Mike war inzwischen fast ein Vierteljahr fort, und Jenny hatte gerade einmal drei Briefe von ihm bekommen, in denen er wenig erzählte über seine Flugmissionen, wo er stationiert war und was er gerade machte. Er betonte nur immer wieder, dass er sie wahnsinnig vermisste. Sie kannte diese zärtlich süßen Zeilen auswendig, schlief mit den Briefen unter ihrem Kopfkissen. So verrückt es klingen mochte, aber sie wähnte sich ihm dann näher. Sie betrachtete sein Foto auf dem schmalen Nachttisch. Er hatte es ihr von zu Hause mitgebracht, zur Erinnerung, damit sie ihn nicht vergaß. Unvermittelt blinzelte sie die Tränen zurück. Das war die andere Sonderbarkeit. Seit Kurzem hatte sie unglaublich nah am Wasser gebaut und heulte bei jeder sich bietenden Gelegenheit.

Als der Snack fertig war, stellte Peggy zwei Schalen mit dampfend heißer Suppe auf ein Tablett, legte den ungebutterten Toast daneben und brachte es an den Tisch am Fenster. »Komm, lass uns essen, solange es schön heiß ist.«

Während sie die Suppe löffelten, sagte sie beiläufig: »Seit wann hast du das mit der Übelkeit? Ich meine, wie lange geht das schon so?«

»Seit ungefähr einem Monat, allerdings hat es sich in den letzten Tagen verschlimmert«, räumte Jenny ein. »Morgens bring ich keinen Bissen runter, und ich bin immer sooo müde und schlapp.«

Peggy, die vier Jahre älter war als Jenny, japste nach Luft. Und wiegte skeptisch den Kopf. »Du gehst morgen wirklich besser zum Arzt, Kleines – aber nicht, weil du dir an irgendwas den Magen verdorben hast. Ich möchte wetten, du bist ...«, sie stockte und setzte lakonisch hinzu, »... schwanger.«

## 9

»*Schwanger*? Du machst wohl Witze, Peggy«, konterte Jenny mit schreckgeweiteten Augen. »Ich bin bestimmt nicht schwanger.« Sie überlegte kurz, wie oft sie mit Mike geschlafen hatte. *Und wenn es doch passiert war?* »Ich bin bestimmt nicht schwanger«, wiederholte sie, dieses Mal jedoch mit weniger Nachdruck.

»Habt ihr verhütet?« Peggy beobachtete, wie Jenny den Kopf schüttelte. »Spannen deine Brustwarzen, sind sie größer als sonst?«

»Ja«, meinte Jenny verblüfft. »Sie sind total empfindlich. Woher weißt du das?«

»Von meinen beiden älteren Schwestern. Sie sind verheiratet und haben Kinder. Ich hab gehört, wie sie über die Symptome sprachen«, antwortete Peggy. »Die meisten Frauen leiden in den ersten Schwangerschaftsmonaten unter morgendlicher Übelkeit und unter einem schmerzhaften Spannungsgefühl in den Brüsten. Wann hattest du deine letzte Periode?«

»Ich bin gut einen Monat überfällig.« Jenny starrte ihre Freundin erschrocken an. »Grundgütiger. Was mach ich bloß, wenn ich wirklich schwanger bin?« Ein uneheliches Kind war ein Stigma, das Frauen leider gesellschaftlich ächtete. Ledige Mütter wurden geschnitten und als »Schlampe«, »Flittchen«, »Nutte« beschimpft. Und das Allerschlimmste war, dass sie keine Ahnung hatte, wie sie für sich und das Baby sorgen sollte.

»In Panik zu verfallen bringt uns kein Stück weiter. Du gehst morgen erst einmal zum Arzt und lässt einen Schwangerschaftstest machen. Wenn er positiv ausfällt«, Peggy trommelte mit den Fingerspitzen auf die Tischplatte, »wendest du dich an Mikes Eltern. Die helfen dir bestimmt. Das Baby ist ihr Enkel. Hör mal, du bist immerhin Mikes Verlobte! Du trägst seinen Ring.«

Jenny war geschockt. »Das bringe ich nicht. Ich könnte es ihnen niemals beichten. Ich kenne die Westaways nicht mal. Mike meinte, sie würden Kontakt mit mir aufnehmen, damit wir uns kennen lernen, aber bisher hat sich niemand bei mir gemeldet. Was sollen sie von mir denken, wenn ich plötzlich bei ihnen auf der Matte stehe und sage: He, Leute, euer Sohn Mike hat leider nicht aufgepasst. Und hier bring ich euch euer süßes, putziges, schnuckeliges Enkelchen? Ich glaube, ich würde vor Scham im Erdboden versinken.«

Peggy schüttelte den Kopf. »Wahrscheinlich bleibt dir gar nichts anderes übrig. Zumal Cotter dich achtkantig rausschmeißt, sobald er Wind davon bekommt, dass du in anderen Umständen bist. Wie stellst du dir das überhaupt vor als ledige Mutter? Meinst du, da findest du so schnell einen neuen Job? Das wird bestimmt nicht einfach. Finanziell wird es verdammt haarig bei dir, Liebes, bis Mike heimkommt und ihr heiraten könnt.«

Jennys Augen füllten sich mit Tränen. Es war unmöglich. Peggy musste sich irren. In ihrer jugendlichen Naivität hatte sie gar nicht berücksichtigt, dass sie von Mike schwanger werden könnte, wenn sie nicht verhüteten.

Im nächsten Augenblick jedoch durchströmte sie ein tiefes Glücksgefühl – Niedergeschlagenheit und Existenzängste waren jählings wie weggeblasen. Sie würde ein Baby bekommen, ein süßes, winziges Geschöpf, das ihre Liebe und Zuwendung brauchte. Mikes Baby. Sie drückte ihr Rückgrat durch und reckte entschlossen das Kinn. Wenn es stimmte und sie tatsächlich schwanger war, dann sollte es eben so sein, na und? Auf die eine oder andere Art würden sie und der kleine Fratz sich schon durchschlagen. Herrje, schlimmstenfalls würden sie eben bei Mikes Eltern zu Kreuze kriechen müssen.

Das Dröhnen der Motoren vibrierte durch Cockpit und Rumpf der Militärmaschine vom Typ Lancaster, während Bordingenieur Mike Westaway in die Innentasche seiner Uniformjacke griff. Dort bewahrte er Jennys bislang letzten Brief auf. Er war inzwischen etliche Wochen alt, und er hätte zu gern gewusst, wie es ihr ging. Grinsend verfolgte er die zuckenden Anzeigenadeln auf den elektronischen Instrumenten an Bord. Was ihn wunderte, war, dass sie in ihrem Brief mit keinem Wort erwähnte, ob sie in der Zwischenzeit seine Eltern und seine Schwestern kennen gelernt hatte. Er hatte seinen Eltern umgehend geschrieben, ihnen von Jenny erzählt und dass er sie liebe und heiraten wolle. Seine Mutter hatte sie in ihrem letzten Brief aber auch nicht erwähnt. Das war merkwürdig. Ob sein Brief womöglich verloren gegangen war? So etwas passierte gelegentlich. Er würde ihnen gleich im Anschluss an seine aktuelle Mission erneut schreiben, nahm er sich vor.

»Mike, wir erreichen das Zielgebiet in circa fünfeinhalb Minuten. Kontrollierst du bitte noch einmal die Bombenklappen?«, wies der Captain ihn an.

»Wird gemacht, Pete.«

Für den Abend waren erhebliche Turbulenzen angekündigt, und als die Lancaster mit dem Sinkflug begann, wurde sie kräftig durchgerüttelt. Die kleine Maschine trudelte und geriet in ein Luftloch, die Tragflächen gingen bedrohlich in Schieflage, bevor der Pilot das Flugzeug wieder auf Kurs brachte. Kurz zuvor war Mikes Mannschaft über ihre Aktion aufgeklärt worden: Sie sollte in einem Alliiertenverband aus Amerikanern, Engländern und Australiern Bomben über mehreren großen deutschen Industriestädten abwerfen. Es war ihr dritter Flug in dieser Woche; aktuelle Fotos belegten, wie groß der Schaden war, den die Bombardierungen aus der Luft angerichtet hatten. Die Alliierten bedrängten die Deutschen, versuchten sie zur Kapitulation zu zwingen, während Bodentruppen nach Europa vorrückten, Städte, Dörfer und ganze Länder von deutscher Besatzung befreiten. Es war allgemeiner Konsens, dass Hitlers Truppen auf dem Rückzug waren angesichts der Militäraktionen der Alliierten unter Eisenhower und der von Norden einschwärmenden Sowjetarmee.

Er hörte, wie Pete den Befehl zum Feuern gab.

Was Mike betraf, konnte er das Ende des Krieges kaum erwarten. Er hatte die Nase schon seit Langem gestrichen voll vom Töten und Morden. Die Lancaster ruckelte, als blutrotes Flakfeuer am nächtlichen Himmel aufleuchtete. Um sie herum das schauerlich dumpfe Krachen der Geschütze, die auf den Flugzeugrumpf trafen.

Der Bombardier öffnete die Bombenklappen, überprüfte ein letztes Mal die Zielkoordinaten und drückte einen Knopf. »Bomben gezündet, Captain.«

Da der Abwurf das Gewicht der Lancaster erheblich reduzierte, hatte der Pilot Mühe, die Kontrolle über die Maschine zu behalten. Er zog die Nase in einem Fünfundvierziggradwinkel hoch, um das Flugzeug abzufangen, bis sich die Geschwindigkeit wieder stabilisiert hatte. Flakfeuer explodierte ringsum, durch das Cockpitfenster registrierte die Mannschaft, dass zwei andere Flugzeuge Treffer abbekommen hatten. Die Triebwerke malten einen glühenden Feuerschweif an den dunklen Nachthimmel, bevor die Militärmaschinen am Boden zerschellten.

»Wir sind getroffen worden, Captain! Hart an Steuerbord!«, brüllte der Bombardier.

Mike sah und hörte, wie das Triebwerk explodierte. Feuersalven spuckte, da der Wind ein Übriges tat, um das Kerosin in Brand zu setzen. Unter ihm, am Boden, ein flammendes Inferno, grausig schön; Mike durfte nicht an die Menschen denken, die dort unten lebten: unschuldige, brave Menschen, deren Existenz mit einem Schlag vernichtet wurde. Der Krieg war ganz ohne Zweifel die Hölle, für beide Seiten.

Der Copilot schaltete das beschädigte Triebwerk aus. Es wäre nicht das erste Mal, dass sie mit drei Triebwerken heimflogen. Der Captain drehte nach links und nahm Kurs nach Osten, Richtung Sonnenaufgang.

Mike strich über seine ausgebeulte Uniformjacke, als könnte Jennys Brief ihn moralisch aufbauen. Heute Nacht war es verdammt brenzlig geworden, es fehlte nicht viel, und sie hätten die Radieschen von unten gesehen. Seine Knie waren weich wie Wackelpudding, er sehnte sich danach, wieder festen Boden unter den Fliegerstiefeln zu spüren. Nach dem Desaster brauchte er erst einmal ein Bier. Eine halbe Stunde später zeigte der

Flugnavigator an, dass sie in ungefähr fünf Minuten den deutschen Luftraum verlassen würden.

»Captain, wir verlieren Treibstoff«, bemerkte der Copilot skeptisch. »Wir haben nicht mehr genug, um zur Basis zurückzufliegen. Wir können froh sein, wenn wir es über die französische Grenze schaffen.«

Als der Copilot meldete, dass eines der hinteren Triebwerke Aussetzer habe, stellte Mike bestürzt fest, dass der Propeller langsamer wurde und stoppte. Der Captain senkte die Flughöhe um weitere tausend Fuß. Die Crew merkte, dass er damit kämpfte, die Maschine in der Luft zu halten, obwohl sie ihren Ballast bereits abgeworfen hatten. Ganz ohne Zweifel funktionierte die Treibstoffzufuhr zu den beiden intakten Triebwerken nicht mehr reibungslos.

»Scheiße, wir schmieren ab«, brüllte Pete. »Los, Leute, macht euch fertig zum Absprung. Mike, funk schleunigst einen Notruf raus. Chris, gib ihm die Koordinaten.«

Mike übermittelte die Koordinaten, bevor er sich in den hinteren Teil der Maschine begab. Dabei fiel ihm siedendheiß ein, dass er, was diese Mission anging, von Anfang an ein mulmiges Gefühl gehabt hatte. Er hatte seine Bedenken Rex anvertraut und ihn gebeten, Jenny zu benachrichtigen, falls ihm irgendetwas zustoßen sollte. Und jetzt schien sich seine dunkle Ahnung zu bewahrheiten. Sein Kollege hatte natürlich versucht, ihm die Bedenken zu nehmen. Er hatte über seine Befindlichkeiten gelacht, ihm für den Ernstfall jedoch hoch und heilig versprochen, Jenny zu informieren. Gleichzeitig hatte er seinen Kameraden scherzhaft gewarnt, dass er ihm die Kleine ausspannen würde.

Mike stand an der geöffneten Luke und starrte in die

von zuckenden Feuerblitzen durchtrennte Schwärze, sein Gesicht betäubt von dem eisigen Wind, der ihm entgegenschlug. Er überprüfte ein letztes Mal den Mechanismus seines Fallschirms und den Sitz der Waffe, die an seinem Gürtel im Holster steckte. In etwa einer Stunde würde die Sonne aufgehen. Inzwischen hatten sie den deutschen Luftraum verlassen, und mit etwas Glück würde er auf Alliierten-Territorium landen.

Jemand tippte ihm auf die Schulter, rief ihm zu, er solle springen. Mit rasendem Herzklopfen setzte Mike im freien Fall ins Ungewisse.

Jenny saß an dem Tischchen vor ihrem Zimmerfenster und betrachtete den Umschlag mit dem englischen Poststempel. Der Brief war nicht von Mike, sondern von seinem Kameraden Rex Allsop, der ihr schrieb, dass ihr Verlobter nach Gefechtshandlungen seit mehr als zwei Wochen verschollen war. Mit leerem Blick starrte sie durch die Glasscheibe auf die Straße und schüttelte immer wieder fassungslos den Kopf. Sie sträubte sich mental dagegen, Rex' Nachricht zu akzeptieren.

Wenn sie wenigstens hätte weinen können. Vielleicht hätten die Tränen Erleichterung gebracht, aber sie war wie betäubt, physisch und psychisch abgestumpft. Anfangs hatte sie noch gehofft, dass es sich um eine Verwechslung handelte, und sich mit dem australischen Kriegsministerium in Verbindung gesetzt. Von dort wurde ihr jedoch bestätigt, dass Bordingenieur Michael Westaway im Zuge einer Militäraktion als vermisst gemeldet worden war. Mehr konnte man ihr auch nicht sagen. *Vermisst im Zuge von Kriegshandlungen.* Das war die allgemeingültige Formulierung, die das Schlimmste vermuten ließ. Lag Mike tot oder verwundet auf irgendeinem der ungezählten Schlachtfelder? War er gefangen genommen oder von Partisanen befreit worden? Man konnte nur das Beste hoffen, ob es zutraf, würde sich erst nach Wochen oder gar Monaten angstvollen Wartens herausstellen.

Sie ließ resigniert die Schultern sinken, stützte den Kopf in die Hände und grübelte. Was sollte bloß einmal aus ihr und ihrem Baby werden? Sie war inzwischen im vierten Monat schwanger und wusste, dass sich ihr Zustand nicht mehr lange geheim halten ließe. In spätestens sechs Wochen würde die Bombe platzen, falls Mr. Cotter nicht schon früher die Erleuchtung käme. Und ihr Chef würde zweifellos nicht lange fackeln: Nach seinem Dafürhalten gehörten Flittchen wie sie postwendend vor die Tür gesetzt! O Gott, was für eine Blamage!

Was sollte sie bloß tun? Was, wenn sie keinen anderen Job fände? Sie hatte zwar ein bisschen gespart, aber das reichte nicht, um sich mit dem Baby eine Weile über Wasser zu halten. In diesem Moment realisierte sie mit schmerzlicher Deutlichkeit das Ausmaß der Katastrophe. Was, wenn Mike tatsächlich tot war? Verlustängste und drohende Zukunftssorgen überkamen sie, höhlten sie innerlich aus. Unversehens füllten sich ihre Augen mit Tränen. Von Weinkrämpfen geschüttelt, schleppte sie sich zum Bett, warf sich auf die Tagesdecke und schluchzte, bis sie keine Tränen mehr hatte und in einen traumlosen Schlaf hinüberglitt.

Peggy saß Jenny in der Firmenkantine gegenüber und wärmte ihre Hände an einer heißen Tasse Tee. Sie betrachtete ihre Freundin kritisch, registrierte die eingefallenen Wangen, die glanzlosen Augen und wartete, bis

Jenny ihren Tee ausgetrunken hatte, bevor sie anhob: »Hör mal, Liebes, und was machst du jetzt? Du hast die Liste in der Zeitung gesehen und weißt, dass Mike eventuell noch am Leben ist. Womöglich ist er irgendwo in Kriegsgefangenschaft oder so. Und nachdem die Alliierten vor Berlin stehen, kann der Krieg in Europa nicht mehr lange dauern.«

Jenny bedachte ihre Freundin mit einem matten Lächeln. »Das mag ja alles sein. Vielleicht ist er auch verwundet. Es ist grässlich zermürbend, wenn man nichts Genaues weiß. Cotter beäugt mich zunehmend skeptisch. Ich glaube, er wittert allmählich was.«

»Dieser Armleuchter. Er hat Betty Weatherspoon von jetzt auf gleich an die Luft gesetzt, als er merkte, dass sie … na ja, du weißt schon. Jenny«, drängte Peggy, »du solltest den Kontakt zu den Westaways suchen. Ich bin sicher, sie haben Verständnis für deine Situation. Sie werden dich und das Kind unterstützen. Glaub mir, sie freuen sich bestimmt riesig, wenn sie erfahren, dass sie wieder Großeltern werden.«

»Ich kann nicht«, versetzte Jenny dumpf. »Ich bring das einfach nicht. Was meinst du, was die dann von mir denken?« Während sie sprach, zeichneten sich auf ihren Wangen hektisch rote Flecken ab.

»Sei nicht albern. Es ist Krieg, und so was passiert nun mal. Das kommt in den besten Familien vor, und die Westaways leben bestimmt nicht hinterm Mond. Das sind sicher nette, verständnisvolle Leute. Du und Mike, ihr liebt euch, ihr hattet vielversprechende Pläne für eine gemeinsame Zukunft, und da ist es eben passiert«, sagte sie auf ihre unverblümt direkte Art. »Wenn es hart auf hart kommt, bleibt dir letztlich gar nichts anderes übrig, als den Kontakt mit seiner Familie aufzunehmen. Du brauchst finanzielle Unterstützung, ein Dach über dem Kopf – und seine Familie kann dir beides bieten.«

»Und wenn sie nun denken, ich hätte es bewusst darauf angelegt, Mike reinzulegen? Wäre schließlich nicht das erste Mal, dass eine Frau mit diesen Tricks arbeitet.«

»Stimmt, aber du weißt doch selbst, dass es nicht so war, oder?« Peggy bemerkte den trotzigen Zug, der sich um die Kinnpartie ihrer Freundin legte. Wenn Jenny Smith sich etwas in den Kopf gesetzt hatte, konnte man mit Engelszungen auf sie einreden und biss trotzdem auf Granit.

»Jaaa.«

»Okay, versprich mir wenigstens, nochmal darüber nachzudenken. Hast du großartige Alternativen? Nein. Überleg mal in aller Ruhe, was das Beste für dein Kind ist.« Sie warf einen Blick auf ihre Armbanduhr. »Huch! Wir müssen schleunigst wieder in die Abteilung zurück. Wenn Cotter uns dabei erwischt, wie wir quietschvergnügt die Pause verlängern, gibt es wieder Ärger.«

Jenny folgte ihr durch den Gang und in den ersten Stock, wo sie beide arbeiteten. Insgeheim machte sie sich bittere Vorwürfe. Sie hatte die Sache viel zu lange vor sich her geschoben und die Augen vor der Realität verschlossen. Wenn sie sich nicht schleunigst etwas einfallen ließe, grübelte die junge Frau, könnte es verflixt eng werden. Die Zeit lief ihr davon, und es führte kein Weg daran vorbei, dass sie sich mit dem Problem auseinandersetzte. Sie musste eine Lösung finden, wie es in Zukunft weitergehen sollte. Während sie in der Kantine mit Peggy plauderte, hatte vor ihrem inneren Auge ein

Plan Gestalt angenommen. Der könnte eventuell funktionieren … nein, es musste einfach klappen.

Die hochschwangere Jenny schleppte einen Blecheimer mit Küchenabfällen in den Hinterhof. Und verfolgte kopfschüttelnd grinsend, wie die Hennen sich auf ihre morgendliche Futterration stürzten. Sie wohnte jetzt seit über vier Monaten bei ihrer Tante und ihrem Onkel – für ein Stadtkind wie sie war das Landleben eine völlig andere Welt. In der Stadt nahm man vieles für selbstverständlich. Man ging in den nächstbesten Laden und kaufte, was man brauchte, einmal abgesehen von den Einschränkungen, die der Krieg für die Bewohner mit sich brachte. Um auf dem Land überleben zu können, musste man genügsam und erfinderisch sein, denn das nächste Geschäft war nicht mal eben um die Ecke, sondern kilometerweit entfernt.

Die Hennen lieferten Eier, Tante Elsie hatte ihr das Melken beigebracht, es gab einen großen Gemüsegarten und einen Baumhof mit Orangen-, Zitronen- und Pflaumenbäumen. Brauchten sie Fleisch, schlachtete Onkel Ken ein Schaf oder ein Kalb und zerlegte es fachmännisch. Zuweilen auch ein Huhn – obwohl Jenny davor grauste, ihnen die Hälse umzudrehen und die Federn zu rupfen, wie ihre Tante es ihr vormachte. Um ihren guten Willen zu zeigen, hatte sie es wieder und wieder probiert, mit dem Ergebnis, dass ihr jedes Mal grottenschlecht geworden war. Ihre Tante, eine unermüdliche Köchin, wieselte ständig um den alten, mit Holz befeuerten Eisenherd herum und zauberte irgendwelche Köstlichkeiten: selbst gebackenes Brot, Kuchen, Plätzchen. Oder sie weckte ein: Obst, je nach Saison, als Saft, Kompott, Mus, Marmelade, oder Gemüse süßsauer oder salzig eingelegt, alles in Flaschen und Gläsern fein säuberlich auf der hinteren Veranda bevorratet. Jenny bewunderte die beiden für ihre Bescheidenheit und die pragmatische Haltung, mit der sie das Leben in dieser gottvergessenen Gegend meisterten.

Sie richtete sich auf, stemmte eine Hand in den Rücken, der angesichts der fortgeschrittenen Schwangerschaft unangenehm schmerzte. Nach Dr. Reynolds' Diagnose konnte es bis zur Niederkunft nur noch wenige Wochen dauern. Ein Glück, dachte sie, allmählich hatte sie diesen Zustand nämlich restlos satt. Sie sah aus wie eine wandelnde Tonne und fühlte sich auch so ähnlich, nachts konnte sie nicht mehr bequem liegen und schlief daher schlecht. Seit sie in Carcoar wohnte, hatte sie viel nachgedacht, was sie nach der Geburt ihres Babys tun wollte. Und sich entschlossen, auf der Farm zu bleiben, wo ihr Kind in der Obhut seiner einzigen Verwandten behütet aufwachsen würde. Sie wollte weiterhin im Haushalt helfen, lernen, wie man Schafe züchtete, oder sich etwas dazuverdienen, indem sie Kleidung schneiderte. Das machte sie gern und gut, und sie war perfekt im Umgang mit der Nähmaschine ihrer Tante.

Bereute sie ihre Entscheidung? Ja und nein. Mike fehlte ihr unbeschreiblich, und sie dachte jeden Tag an ihn, trotzdem machte sie sich keine Illusionen. Weil sie weder verwandt noch verheiratet waren, erfuhr sie nicht einmal, in welchem Lager er gefangen gehalten wurde oder ob er verwundet worden war. Folglich entschied sie für sich, dass es sinnvoller und besser war, wenn sie ihn vergaß. Obwohl sie ernsthaft daran zweifelte, dass sie dies jemals schaffen würde.

Tantchen Elsie kam durch die Hintertür auf die Veranda gelaufen und ruderte hektisch mit den Armen.

»Jen, Schätzchen! Es kam eben im Radio: Die Russen und die Alliierten sind nach Deutschland vorgestoßen. Hitler steckt massiv in Schwierigkeiten, Liebes.«

Jennys Stimmung hellte sich schlagartig auf, und sie lächelte befreit.

Ihr Blick erfasste den klaren blauen Himmel über Carcoar, die sanften Anhöhen und das satte Gras, das sich in den heißen, trockenen Sommermonaten struppig gelb färbte. Ihre Tante und ihr Onkel hatten ausnehmend sensibel und verständnisvoll auf ihre Situation reagiert und darauf bestanden, dass sie zu ihnen zog. Und Jenny, die eigentlich ein Stadtmensch war, hatte das Leben auf der mittelgroßen Schaffarm kennen und schätzen gelernt. Obwohl es natürlich völlig anders war als in einer Großstadt wie Sydney. Nachdem sie ihren Sohn in Singapur durch einen tödlichen Unfall verloren hatten, schienen die beiden älteren Leutchen froh, dass es nicht mehr so einsam bei ihnen war. Gemeinsam mit ihrer Nichte, die sie wie eine Tochter in ihr Herz geschlossen hatten, freuten sie sich auf die Geburt des Babys.

Jenny hatte Sydney an einem tristen Montagmorgen verlassen. Um genau zu sein: Sie hatte sich heimlich davongemacht, nachdem Peggy zur Arbeit gegangen war. Und empfand Schuldgefühle, weil sie ihrer Freundin die neue Adresse verschwiegen hatte. Sie hatte ihr lediglich einen kleinen Zettel dagelassen, auf dem sie sich für ihre Freundschaft bedankte und dass sie Peggy nie vergessen würde. Sie hatte gute Gründe dafür gehabt, ihre Freundin nicht in ihre Pläne eingeweiht zu haben. Es war zwar unwahrscheinlich, aber wenn die Westaways zufällig doch nach ihr gefragt hätten, hätte Peggy ihnen bestimmt brühwarm erzählt, wo sie war und dass sie ein Baby erwartete. Das wollte Jenny unter allen Umständen vermeiden. Auch wenn es ihr schwerfiel, aber das Kapitel Mike gehörte endgültig der Vergangenheit an. Sie würde die Erinnerung in ihrem Herzen einschließen – es war das Beste für sie und ihr Kind.

Ob die Entscheidung nun richtig war oder vielleicht auch aus falsch verstandenem Stolz heraus getroffen, kümmerte sie nicht weiter. Sie war fest entschlossen, einen Schlussstrich unter die Vergangenheit zu ziehen und mit dem Baby einen Neuanfang zu starten. Und sie war zuversichtlich: Ihre Tante und ihr Onkel würden ihr bestimmt den nötigen Rückhalt geben, dass sie sich in Carcoar gut einlebte. Sie könnte sich auf der Farm nützlich machen, wo ihr Kind geliebt und behütet aufwachsen würde.

Junior, ihr Kosename für das Baby, versetzte ihr einen kräftigen Tritt in den Unterleib, worauf sie sich stöhnend zusammenkrümmte. Der kleine Racker war heute Morgen ganz schön aktiv und wurde zunehmend lebhafter. Im nächsten Augenblick fühlte sie etwas klebrig Warmes, das an ihren Beinen hinunterlief. O Schreck, ihre Fruchtblase war geplatzt! Sie klemmte ihren Rock zwischen die Schenkel und ging im Schneckentempo zur hinteren Veranda. »Tante Elsie! Ich glaube, das Baby kommt!«

»Was meinst du mit ›Jenny ist unauffindbar‹, Dad?« Während der Kriegsgefangenschaft hatte Mike seinen Eltern geschrieben und ihnen Jennys Adresse mitgeteilt. Soeben erfuhr er, dass die Anschrift nicht mehr stimmte und niemand Genaueres über ihren Verbleib wusste. »Eine Frau kann doch nicht einfach so verschwinden«, setzte er hinzu.

Nach seiner Entlassung aus der Armee wieder in Zivilkleidung, stampfte Mike missmutig stirnrunzelnd über den weichen Teppich, der im Wohnzimmer seiner Eltern lag. Aufgrund einer Hüftverletzung hinkte er leicht. Es war ein Streifschuss gewesen; die Deutschen hatten ihn abgeschossen und nach seiner Fallschirmlandung gefangen genommen. Vier Monate nach Kriegsende war er nach Australien zurückgekehrt, wo er sich auf das Wiedersehen mit einer strahlend verliebten Jenny gefreut hatte. Und was war? Es haute ihn geradezu aus den Schuhen, dass die Frau, die er liebte und heiraten wollte, spurlos verschwunden war, als hätte sie sich in Luft aufgelöst. Nein, es durfte und konnte nicht sein. Grundgütiger, er würde sämtliche Hebel in Bewegung setzen, um sie aufzuspüren.

»Ist mir schleierhaft«, murmelte er kopfschüttelnd.

»Uns auch. Wir haben alles Menschenmögliche versucht, mein Junge, aber leider vergeblich«, versicherte ihm Corinne. »Ich hab mich bei David Jones in der Personalabteilung nach ihrem Verbleib erkundigt, ich hab ihre Freundin Peggy gelöchert und ihre Vermieterin natürlich auch. Die erzählte mir, dass sie einen Tag vor dem Auszug bei ihr war, um die Miete zu bezahlen. Tags darauf sah sie dann, wie sie sich mit zwei vollgepackten Koffern abmühte. Liam ist sogar zu ihrem früheren Domizil in Redfern gefahren. Hätte ja sein können, dass sie vielleicht wieder dorthin gezogen ist, weil sie sich dort auskennt.«

»Wenn ich bloß mehr über sie wüsste, ob und wo sie Verwandte hat und so. Mensch, hätte ich sie doch mehr ausgequetscht! Aber wir kannten uns erst kurz, gerade mal eine Woche.« Mike fuhr sich ratlos mit den Fingern durch die lockigen Haare. Plötzlich kam ihm die Erleuchtung. »Les ist bei der Polizei«, rief er. »Vielleicht kann der mir helfen.« Les Gordon war der Mann seiner Schwester Claire und Polizist in New South Wales.

»Les hat deinen Vater aktiv bei der Suche unterstützt. Leider verliefen seine Ermittlungen ergebnislos«, bekannte Corinne matt.

»Wir werfen die Flinte nicht ins Korn, mein Junge. Ganz egal, was kommt.« Liam besaß ein sensibles Gespür für den Seelenkummer seines Sohnes. Trotz seiner kreativen Höhenflüge als Goldschmied war er ein praktisch veranlagter Mensch, der mit beiden Beinen fest auf dem Boden verwurzelt war. Er wusste sehr wohl, dass sein Sohn vor einer schwierigen Aufgabe stand. Jenny Smith konnte überallhin gezogen sein: in einen anderen Stadtteil von Sydney, irgendwo aufs Land oder sonst wohin. Vermutlich wäre es einfacher gewesen, die sprichwörtliche Nadel im Heuhaufen zu finden als den neuen Wohnort von Mikes Verlobter.

Der Grund ihres sang- und klanglosen Verschwindens war allen ein Rätsel. Es sei denn, zermürbte Liam sich das Hirn, sie hätte irgendeine schlimme Krankheit oder Existenzprobleme und wollte damit niemandem zur Last fallen. Er blickte zu seinem Sohn, der brütend aus dem Fenster starrte, das auf den Centennial Park hinausging. Die Vorstellung auf ein Wiedersehen und eine gemeinsame Zukunft mit Jenny hatte ihn in Kriegsgefangenschaft gewiss moralisch aufgebaut. Deshalb mochte sein Vater ihn nicht noch mehr frustieren, indem er ihm seine heiklen Bedenken mitteilte. Vielleicht irrte er sich ja auch gewaltig. Wie er seinen Sohn kannte, würde Mike ohnehin nicht ruhen, bis er sie wieder in seinen Armen hielt.

Als Corinne das Zimmer verließ, weil sie sich um

das Abendessen kümmern wollte, setzte Liam sich in den Schaukelstuhl, der vor dem Kamin stand. »Hast du schon mal darüber nachgedacht, was du jetzt machen willst? Gehst du wieder an die Uni?«

»Im Lager hab ich ernsthaft daran gedacht – um mir und Jenny eine gemeinsame Zukunft aufzubauen. Ich wollte mein Diplom machen und bei einer der renommierten Baufirmen anfangen. Aber jetzt hab ich ehrlich gesagt keine Lust mehr auf ein jahrelanges Studium.« Er blickte zu seinem Vater und machte ein gequältes Gesicht. »Ich bin mir da sehr … hm … tja … unschlüssig. Verdammt, ich muss sie unbedingt wiederfinden, Dad. Um mir ein bisschen Geld zu verdienen, nehm ich irgendeinen Gelegenheitsjob an, ganz egal was, erst wenn ich sie finde, kann ich ernsthaft über die Zukunft nachdenken.«

# 10

*Juni 1946*

Jenny verabschiedete sich von Dr. Reynolds und sah ihm nach, wie er in seinen staubigen Wagen stieg und wegfuhr. Sie schloss die Haustür und lief in die Küche, wo ihre Tante den kleinen Adam betreute. Er hatte hohes Fieber und einen grässlich rasselnden Husten – akute Bronchitis, hatte Dr. Reynolds diagnostiziert, mit Verdacht auf Lungenentzündung. Falls Adams Zustand sich weiter verschlimmerte, sollte er umgehend zur Beobachtung ins Krankenhaus nach Cowra gebracht werden.

Jenny betrachtete ihren Sohn mit zärtlicher Hingabe. Er machte kein bisschen den Eindruck eines kränklichen Kindes, war wohlgenährt, hatte dichtes hellbraunes Haar und aufgeweckte blaue Augen. Gleichwohl war er seit seiner Geburt anfällig für Atemwegserkrankungen, musste deshalb viele Tage lang das Bett hüten und quengelte verständlicherweise viel. Das Medikament, das er einnehmen musste, war nicht ganz billig, und er brauchte es regelmäßig. Dr. Reynolds hatte ihr zwar erklärt, dass sich die schwachen Bronchien, wenn er größer und älter wäre, von selbst auswachsen würden, aber das war Zukunftsmusik, was seiner Mutter jetzt nicht viel nützte.

Jenny glitt in das Schlafzimmer, das sie mit Adam teilte, und setzte sich auf den Rand ihres Bettes. Gedankenvoll spähte sie zu seiner Wiege, die unter einem der Erkerfenster stand. Sie nahm die kleine Holzschachtel von der altmodischen Frisierkommode und öffnete sie. Die Topasbrosche funkelte ihr entgegen. Sie legte sie auf ihre Handfläche, streichelte sie behutsam mit den Fingerspitzen. Augenblicklich stürmten die Erinnerungen auf sie ein, und ihre Augen wurden verräterisch feucht: An dem Abend, als sie die Anstecknadel im Rinnstein fand, hatte sie Mike kennen gelernt und sich in ihn verliebt. Kurz darauf hatten sie sich verlobt. Sie hatte die Brosche für ihren persönlichen Glücksbringer gehalten, bis sie erfuhr, dass sie schwanger war und Mike vermisst wurde beziehungsweise später in Kriegsgefangenschaft geraten war. Von da an hatte sie emotional die Hölle durchgemacht.

Sie wälzte sich nachts schlaflos in ihrem Bett, zumal sie immer noch nicht wusste, ob er das Grauen des Krieges überlebt hatte. Und weil sie fortwährend an ihn denken musste. Wie mochte es ihm gehen? Hatte er die Gefangenschaft halbwegs unbeschadet überstanden? War er inzwischen heimgekehrt? Die Vorstellung, dass er sich neu verliebte und eine andere heiratete, rieb sie innerlich auf. Ihre Kehle verengte sich schmerzhaft, und sie schluckte schwer. Oder war er tot und lag irgendwo in der blutgetränkten Erde eines fernen Kontinents begraben?, dachte sie, getrieben von dumpfer Verzweiflung. Sie atmete tief durch. Wenigstens ein Teil von ihm lebte in ihrem gemeinsamen Sohn weiter. Adam war Mike wie aus dem Gesicht geschnitten: Selbst die Augenfarbe hatte er von seinem Vater geerbt. Sie stand seufzend auf, wickelte den Topas in ein sauberes Taschentuch und ließ ihn in die Tasche ihrer Strickjacke gleiten. Dann kehrte sie in die Küche zurück.

»Tante Elsie, meinst du, du kommst eine Weile allein mit Adam zurecht? Ich wollte kurz mit dem Pick-up nach Cowra fahren und das Medikament für ihn abholen.«

»Aber sicher, Liebes. Im Moment ist er ganz friedlich. Bestimmt nickt er gleich wieder ein. Los, ab mit dir.« Elsie schob sie scherzhaft in Richtung Tür.

Jenny stand vor dem Pfandhaus in Cowra und trat nervös von einem Fuß auf den anderen. Sie tat so, als betrachtete sie die Auslagen im Schaufenster, die zum Verkauf angeboten wurden: gebrauchte Musikinstrumente, Glas, Porzellan, Schmuck, Aufstellsachen und anderen Nippes. Ihr grauste davor, die Brosche zu verpfänden, mit der sie so viele Erinnerungen verbanden, gute wie schlechte. Was sein muss, muss sein, redete sie sich zu und seufzte. Momentan war sie verflixt knapp bei Kasse, weil es mit der Schneiderei nicht besonders gut lief. Wer konnte sich so kurz nach dem Krieg schon neue Kleider leisten? Ihre Tante oder ihren Onkel mochte sie nicht um Geld bitten, da den beiden das Wasser bis zum Hals stand und sie jeden Cent dreimal umdrehen mussten. Wie viele Farmer warteten auch sie händeringend auf die Schafscherer, die im Frühjahr die Schafe scherten.

Joe Stefanos blickte von seiner Zeitungslektüre auf, als die Glocke über dem Eingang bimmelte. »Aahh, Mrs. Brown, guten Morgen. Schön, Sie mal wieder zu sehen«, sagte er, sein Englisch von einem starken griechischen Akzent gefärbt. »Was kann ich für Sie tun?«

»Ich möchte Ihnen etwas zeigen, Mr. Stefanos.«

»Aber sicher, aber sicher«, meinte er freundlich und lächelte. Er mochte Jenny gern. »Zeigen Sie mal her.«

Sie fischte das Taschentuch aus der Jacke, legte es auf die Theke und wickelte die Brosche aus. »Dieses Schmuckstück bedeutet mir sehr viel, müssen Sie wissen. Ich verbinde damit viele, viele Erinnerungen«, bemerkte sie.

»Verständlich, verständlich.« Joe hatte die nervige Angewohnheit, sich zu wiederholen. Er nahm die Brosche und hielt sie ins Licht. »Ein sehr schönes Stück. Schon ziemlich alt, würde ich sagen. Jahrhundertwende. Ein bezaubernder Topas, makellos geschliffen, und die silberne Fassung ist außergewöhnlich. Wer die gemacht hat, war ein wahrer Künstler.«

Jenny lauschte geduldig, derweil Joe Stefanos in den höchsten Tönen von der Schönheit der Brosche schwärmte. Nach außen hin gefasst, hämmerte ihr Herz wild gegen ihre Rippen. Ob er heute nochmal fertig wurde mit seiner Begutachtung? Ärgerlich genug, dass sie die Nadel als Sicherheit für ein paar Kröten hinterlegen musste, aber sie hatte nun mal nichts Wertvolles mehr. Mikes Verlobungsring hatte sie kurz nach Adams Geburt verpfänden müssen, und jetzt brauchte sie Geld für Medikamente, damit der Kleine wieder hundertprozentig fit wurde.

»Tja«, meinte der griechische Pfandleiher gedehnt und kam damit endlich zum geschäftlichen Teil. »Ich denke, ich kann Ihnen neun Pfund und zehn Schillinge dafür geben. Wie klingt das, Mrs. Brown?«

»Ist das alles, was Sie mir anbieten können, Mr. Stefanos?«, versetzte Jenny niedergeschlagen.

»Ja, meine Liebe.« Er lächelte freundlich-servil. »Wissen Sie, wenn ich Ihnen mehr gebe, wird es für Sie umso teurer, die Brosche wieder auszulösen.«

»Stimmt.« Deprimiert akzeptierte sie das Angebot des älteren Mannes. Letztlich meinte er es ja nur gut, sagte sie sich, damit es ihr nachher leichter fiele, das Schmuckstück zurückzukaufen.

»Also gut.« Sie beobachtete, wie er das Geld abzählte und ihr über den Tresen zuschob. Woraufhin sie es in ihre Börse steckte, die sie in die Jackentasche schob.

»Ich darf Sie noch einmal auf unsere allgemeinen Geschäftsbedingungen hinweisen, Mrs. Brown. Wenn Sie die Brosche nicht innerhalb eines Monats auslösen oder wenigstens eine Anzahlung leisten, sind wir ermächtigt, das Pfand zum Verkauf anzubieten.«

»Seien Sie versichert, Mr. Stefanos, das wird bestimmt nicht passieren. Dafür hänge ich viel zu sehr an dem guten Stück.«

Draußen spähte Jenny suchend die Kendal Street hoch, atmete tief durch und steuerte die nächstgelegene Apotheke an, wo sie die Medizin für ihren kleinen Sohn kaufte.

Mike Westaway und ein paar andere Farmarbeiter saßen auf einem gefällten Baumstamm und rauchten eine Nachmittagszigarette. Mike, inzwischen ein guter Beobachter und Menschenkenner, hatte keinerlei Berührungsängste mit Leuten unterschiedlichster sozialer Prägung. Er mochte die hemdsärmligen Typen, die mit ihm gemeinsam auf dem staatlichen Versuchsgut arbeiteten, wo effizientere landwirtschaftliche Anbaumethoden und neue Züchtungen entwickelt wurden. Er hatte sich auf eine Anzeige hin beworben, in der ungelernte Arbeitskräfte gesucht wurden, weil er endlich auf andere Gedanken kommen wollte, nachdem die Suche nach Jenny im Sande verlaufen war.

Seine Kollegen hatten eine bewegte Vorgeschichte: Wie Mario, der Italiener, zum Beispiel. Nach Kriegsende war er aus dem Gefangenenlager bei Cowra entlassen worden, wo 1944 ein Massenausbruch stattgefunden hatte. Er hatte schwer geschuftet und jeden Cent gespart, um seine Frau und sein Kind nach Australien zu holen. Manche Männer, so wie Iwan aus Serbien, ließen ihre Vergangenheit lieber im Dunkeln. Das war völlig okay für Mike; er redete auch nicht gern darüber, weshalb er auf der Versuchsfarm malochte.

Was sollte er ihnen erzählen? Dass er schleunigst aus Sydney weg wollte, nachdem er versagt und Jenny nicht gefunden hatte? Dass er sie zu vergessen suchte, damit er sein Leben endlich wieder auf die Reihe bekam? Erst mal können vor Lachen! Sie verfolgte ihn in seinen Träumen und tagsüber, wenn er sich das Hirn zermarterte, wo sie stecken mochte. Wie es ihr wohl ging? Ob sie sich in einen anderen verliebt hatte? Der Gedanke arbeitete wie ein Messer in seinen Eingeweiden.

Nach mehr als einem Jahr hatte er die Suche schweren Herzens eingestellt. In der Zwischenzeit hatte er sich mit Gelegenheitsjobs über Wasser gehalten, auf dem Flughafen von Mascot, in den Docks, in den Lagerhallen – kurz und gut: überall, wo er Arbeit fand. Im Hinterkopf die ständig wiederkehrende Frage: Warum? Warum war sie fortgegangen? Immerhin waren sie verlobt. Hatte er sich dermaßen in ihr getäuscht? Was hatte sie dazu bewogen, ohne ein Wort zu verschwinden?

Sein Blick schweifte über den Bewässerungsgraben, den sie gerade anlegten. Während er in die strahlende Nachmittagssonne blinzelte, verzogen sich seine Mundwinkel zu einem verstohlenen Grinsen. Merkwürdig, aber die Arbeit machte ihm Spaß, füllte ihn aus. Früher hätte er darüber gelacht, aber es stimmte. Das Leben auf der Farm und der freundliche kleine Ort, wo jeder jeden grüßte, hoben sich angenehm von der Hektik ab, wie sie seit Kriegsende in Sydney herrschte. Natürlich vermisste er seine Familie. Einmal im Monat fuhr er daher übers Wochenende nach Hause, um sich richtiggehend verwöhnen zu lassen.

Er versuchte zu verdrängen, dass er sich treiben ließ und sich wenig Gedanken um seine Zukunft machte. Dass es so nicht ewig weitergehen konnte. Irgendwann würde er Nägel mit Köpfen machen, sich eine gesicherte Existenz aufbauen müssen, ob mit oder ohne Jenny. Er blickte grübelnd auf die frisch aufgeworfenen Erdhügel. Mist, unversehens spukte ihm die geliebte Frau wieder im Kopf herum.

»Hey, Mike, fährst du heute Abend in die Stadt?«, wollte Mario wissen.

»Klar doch, wie üblich. In dem Pub in der Hauptstraße gibt es mordsmäßig große Portionen, die putzt kein normaler Mensch weg.«

»Dann komm ich mit«, bekräftigte Mario. »Ist okay für dich, oder?«

»Ist gebongt. Wer mit will, kann mit«, bot Mike großzügig an. »Ich hab fünf Plätze in meinem Chevy. Also, wir treffen uns um fünf an meinem Auto.«

»Das hier ist um Längen besser als das Farmfutter, was, Jungs? Drei Gänge. Spargelsuppe, Grillhähnchen, Speck und Gemüse und als Nachtisch Pfirsich Melba. Hört sich doch klasse an, oder?« Mike lehnte sich auf seinem Stuhl zurück und warf einen Blick in die Runde. Sie saßen zu fünft im Pub des Royal Hotel.

»Sì«, bekräftigte Maro. »Wenn ich meine Lucia aus Milano geholt habe, eröffnen wir ein Restaurant und servieren euch Aussies feine italienische Küche.«

»Wie kommst du denn auf das schiefe Brett, dass wir auf Spaghetti und Mafiatorte stehen, Mario? Ein ordentlicher Grillteller mit Gemüse, so was braucht der Australier«, zog Ted, ein kerniger Queenslander, ihn gnadenlos auf.

»Aaahh sicher, aber es ist sooo eintönig. Der Krieg hat vieles verändert, amico mio, nicht nur die Grenzen in Europa. Die Alliierten haben französische, niederländische, deutsche, italienische Küche mitgebracht. In zwanzig Jahren esst ihr so was hier auch, glaub mir.«

»Solange ich mir nichts Japanisches zwischen die Kiemen schieben muss«, bemerkte Verne Hopguard, ein wortkarger Eigenbrötler, zynisch. »Darauf kann ich getrost verzichten. Meine zwei Brüder wurden von diesen Burschen über dem Südpazifik abgeschossen.«

Ted schlug in dieselbe Kerbe. »Ja, so was ist verdammt bitter. Diese brutalen Typen – denkt mal an Kokoda und Darwin. Scheiße, es hätte nicht viel gefehlt, und sie wären nach Australien vorgestoßen!«

Mario sann krampfhaft auf einen Themawechsel, bevor das Gespräch zu eskalieren drohte. Er war in Cowra interniert gewesen, hatte jedoch – im Gegensatz zu etlichen anderen Gefangenen – gar nicht erst zu fliehen versucht. Ihm war gewärtig, dass die Männer am Tisch die Japaner hassten. »Heute ist Tanzabend in der katholischen Schule«, warf er ein. »Wir schauen vorbei und sehen uns hübsche Mädchen an?«

»Mario.« Iwan drohte ihm scherzhaft mit dem Finger. »Du bist verheiratet, Kumpel.«

»Sì, aber habe Augen im Kopf. Gucken kostet nichts und ist nicht verboten, oder?«

Nachdem sie bezahlt hatten, marschierten die fünf Männer über die Hauptstraße zu der Schulaula neben der katholischen Kirche. Im Saal war es brechend voll, und Mike gefiel die Musik, die die sechsköpfige Band spielte. Während er die Tanzpaare beobachtete, dachte er automatisch an den Abend, an dem er Jenny kennen gelernt und wie fantastisch sie miteinander harmoniert hatten. Von einer Woge tiefer Melancholie überwältigt, entschuldigte er sich nach einer Weile und erklärte seinen Begleitern, er würde im Wagen auf sie warten. Er schlenderte über die Hauptstraße zum Parkplatz zurück, wo er den Chevy abgestellt hatte. Unterwegs spähte er gelangweilt in die Schaufenster, bis er vor Joe Stefanos' Leihhaus stehen blieb. Sein Blick klebte fasziniert auf der messingglänzenden Posaune, die im Ladenfenster ausgestellt war. Als Teenager hatte er sich an einem solchen Instrument versucht, zumal Glenn Miller sein ganz großes Idol war. Er war nie besonders gut gewesen und hatte es irgendwann aufgegeben, weil er sportlich mehr drauf hatte als musikalisch.

Mit einer Mischung aus Neugier und Verdrossenheit betrachtete er die übrigen Gegenstände. Alles in allem ein Haufen Plunder. Er konnte sich gut vorstellen, dass jedes Stück eine interessante Geschichte hatte, weshalb es versetzt worden war. Zumal die meisten Farmer knapp bei Kasse waren und das Lebensnotwendige weiterhin rationiert wurde.

Sein Blick schweifte über diverse Schmuckstücke, Ringe, Armbänder, Ohrringe und Broschen und … dann sah er sie. Sie lag zwar weit hinten, geradezu versteckt, aber nein, er irrte sich bestimmt nicht.

Sein Herzschlag beschleunigte sich, hämmerte, dass es ihm in den Ohren dröhnte. Mike schnappte scharf nach Luft. Es war beinahe unfassbar, aber da lag sie. *Die Brosche.* Die Topasbrosche. Jennys Brosche! Er hatte sie nur zweimal gesehen: an dem Abend, als sie sich kennen gelernt hatten, und dann noch einmal in ihrem Zimmer. Aber in Himmelherrgottsnamen, weshalb lag sie jetzt hier im Pfandhaus? Dass er die Brosche aufgespürt hatte, grenzte an ein kleines Wunder, anders konnte man es nicht nennen. Plötzlich hatte er weiche Knie und presste die Finger flach auf das Glas. Um sich abzufangen, sonst wäre er der Länge nach hingeknallt.

Wie war die Brosche nach Cowra gelangt? Hatte Jenny sie schließlich doch an jemanden verkauft, oder war sie hierher in diese Gegend gezogen? Hatte er endlich mal eine Glückssträhne? Bohrende Fragen, auf die er keine Antwort wusste.

Zehn Minuten, vielleicht auch länger, stand er wie angewachsen vor dem Schaufenster und starrte beschwörend auf die Brosche, als könnte sie ihm Aufschlüsse über Jennys Verbleib geben. Schließlich stopfte er die Hände in die Hosentaschen und schlenderte zu seinem Wagen zurück, wo er auf seine Kollegen wartete.

In dieser Nacht machte Mike kein Auge zu. Sobald es hell wurde, sprang er aus dem Bett und zog sich an. Beim Frühstück erklärte er einem verschlafenen Mario: »Ich muss in die Stadt. Kurz was erledigen. Sag dem Vorarbeiter, dass ich etwas später komme.«

Seine Hände zitterten, als er das Lenkrad umklammerte und den Wagen die Landstraße entlang in die Stadt steuerte. Die Geschäfte waren noch geschlossen, also parkte er direkt vor dem Pfandhaus. Verschränkte die Arme vor der Brust und wartete, bis er einen Mann wahrnahm, der mit langen Schritten die Straße passierte. Vermutlich der Pfandleiher, tippte er. Der schloss nämlich die Ladentür auf und verschwand im Innern. Mike wartete noch ein paar Minuten und verfolgte aus den Augenwinkeln, wie der Ladenbesitzer in der Auslage herumwerkelte und dabei gelegentlich aufblickte. Schließlich glitt Mike aus dem Wagen und steuerte auf den Eingang zu. Vor dem Schaufenster blieb er kurz stehen. O Schreck, die Topasbrosche war weg! Und was jetzt?

»Aha, ein Frühaufsteher. Guten Morgen, Sir«, sagte Joe Stefanos, als Mike den Laden betrat. »Möchten Sie etwas kaufen oder verkaufen, Sir?«

»Ich bin mir noch nicht sicher. Eigentlich brauche ich ein paar Informationen.«

»Ich bin kein Auskunftsbüro, Sir, sondern bloß ein einfacher Kaufmann, der sich auf redliche Weise seinen Lebensunterhalt verdient, indem er Gegenstände ankauft und wieder verkauft«, erklärte Joe, sein freundliches Grinsen eine Spur verkniffener.

»Ja, ja«, meinte sein Gegenüber leicht gereizt. »Ich komme wegen der Topasbrosche. Ich hab sie gestern Abend im Fenster liegen sehen, und jetzt ist sie nicht mehr da. Sie haben sie doch bestimmt noch nicht verkauft, oder?«

»Die Nadel steht nicht mehr zum Verkauf, Sir. Die Person, die sie als Sicherheit für eine kleinere Summe hinterlegt hatte, ist anscheinend wieder liquide. Sie rief vor ein paar Minuten bei mir an, dass sie das Pfand auslösen wird. Bedaure, aber ich zeige Ihnen selbstverständlich gern andere hübsche Stücke.«

»Ich interessiere mich ausschließlich für diese Brosche. Wem gehört sie? Kennen Sie die Besitzerin?«

Joe, der Exilgrieche, beäugte den akkurat gekleideten Kunden argwöhnisch über den Tresen hinweg. Er vertraute auf den ersten Eindruck – der ganz passabel schien – und hielt sich für einen guten Menschenkenner. Das war in seinem Gewerbe ein Muss. Andererseits war er loyal seinen Kunden gegenüber, zumal er die nette, freundliche Mrs. Brown besonders mochte. Er wiegte skeptisch den Kopf. Sie würde ihm bestimmt böse sein, wenn er diesem Fremden ihre heiß geliebte Brosche verkaufte. Daran bestand kein Zweifel.

»Mmh, diesbezüglich darf ich Ihnen keine Auskunft geben, Sir.«

Mike schob sich ärgerlich eine gewellte Strähne aus der Stirn. Mit dieser Taktik kam er anscheinend nicht weiter, dachte er. Er durfte den Griechen nicht vergrätzen, schließlich war er auf seine Hilfe angewiesen.

»Ich halte Sie für einen fairen Geschäftsmann und für einen realistischen Menschen«, hob Mike an.

»Wenn Sie mir einen Moment zuhören wollen, erzähle ich Ihnen eine Geschichte. Eine wahre Geschichte. Sie handelt von der Brosche, die in Ihrem Schaufenster lag, und von einem verliebten jungen Paar. Wissen Sie, ein Mädchen namens Jenny Smith fand die Brosche irgendwo in Sydney im Rinnstein. Sie war auf dem Weg zu einer Tanzveranstaltung, die das Rote Kreuz organisiert hatte. Dort lernte ich sie kennen. Sie war bezaubernd schön. Ich hatte eine Woche Heimaturlaub. Wir waren in jener Woche unzertrennlich, und da hat es eben gefunkt.« Er stockte, um sich zu vergewissern, ob der Pfandleiher ihm überhaupt zuhörte. »Bevor ich nach England flog, machte ich Jenny einen Heiratsantrag. Und sie sagte Ja. Dann, bei einer militärischen Großoffensive über Deutschland, wurde meine Maschine abgeschossen. Ich kam in Kriegsgefangenschaft. Ich weiß nicht, warum, aber Jenny muss wohl geglaubt haben, ich wäre tot. Sonst hätte sie mir bestimmt eine Nachricht hinterlassen und wäre nicht spurlos aus Sydney verschwunden. Immerhin waren wir verlobt.

Als ich zurückkehrte, hab ich überall nach ihr geforscht, aber leider erfolglos. Schließlich bin ich hier gelandet und hab den Job auf dem Versuchsgut angenommen. Und gestern Abend ist etwas schier Unglaubliches passiert. Als ich die Brosche sah, wusste ich spontan, dass es die ist, die Jenny damals gefunden hat. Für mich grenzt das an ein Wunder. Können Sie sich vorstellen, wie ich mich jetzt fühle?« Seine Augen bohrten sich in die des Griechen. »Ich weiß um Ihre Pflicht zur Diskretion, Mister, aber ich muss unbedingt wissen, wer die Besitzerin der Brosche ist. Ob es die Frau ist, die ich immer noch liebe und heiraten will. Und ich muss wissen, wann sie in Ihren Laden kommt.«

Joe zuckte mit den Schultern. »Keine Ahnung, ob sie Ihre Jenny ist, Mister. Ich kenne sie nur als Mrs. Brown.«

»Mrs. Brown? Ist sie verheiratet?«

»Verwitwet, soweit ich weiß. Wie etliche Frauen in Cowra.«

»Ja, leider. Können Sie mir wenigstens sagen, wann Sie bei Ihnen vorbeischaut?«

»Ich vermute mal, irgendwann im Laufe des Morgens. Sie erwähnte am Telefon, sie müsse noch andere Besorgungen machen.«

Mike grinste von einem Ohr zum anderen. Er griff über die Theke hinweg und schüttelte dem Pfandleiher die Hand. »Danke, Mann, tausend Dank! Sie werden's nicht glauben, aber Sie haben mir sehr geholfen!«

Joe, der sich wie ein Kuppler wider Willen fühlte, erwiderte sein Grinsen. »Ist schon okay. Wenn Sie mich dafür zu Ihrer Hochzeit einladen, sind wir quitt.«

Mike setzte sich wieder in seinen Wagen, wo er angespannt wartete. Die Stunden verstrichen. Es wurde zehn Uhr, halb zwölf. Die Händler räumten ihre Stände von der Straße und ließen die Gitter vor Türen und Schaufenstern herunter. Ab Samstagmittags waren die Geschäfte übers Wochenende geschlossen. Und wo blieb Jenny?

Selbst wenn er hundert Jahre alt würde, würde er diesen ersten Eindruck niemals vergessen. Wie sie plötzlich die Straße hinuntergegangen kam. Feingliedrig, schlank, ihre langen Haare fächerten sich offen um ihre Schultern, und sie schob einen Kinderwagen. Nachdem er sich aus seiner sekundenlangen Verblüffung gelöst hatte, sprang er aus dem Wagen und lief mit ausgebreiteten Armen auf sie zu.

»Jenny, Jenny!«

Wie vom Blitz getroffen blieb sie stehen. Riss verwundert den Mund auf, war mit Sprachlosigkeit geschlagen. Mike. Nein, es war eine Illusion, ein Traum, es konnte nicht sein – aber er war es! Sie mochte es kaum fassen. Freudentränen rollten über ihre Wangen, dann drückte er sie unversehens an seine Brust, und sie standen eng umschlungen, als wollten sie einander nie, nie mehr loslassen. Es war ein himmlisches Gefühl.

»Mike! Du ... hier? Was hat dich in diese Gegend verschlagen?«

»Das ist eine lange Geschichte, das erklär ich dir später. Endlich habe ich dich gefunden! Das ist alles, was im Augenblick zählt. Ich hatte die Hoffnung schon fast aufgegeben. Jen, Jen, wieso bist du weggelaufen?«

Wie auf ein geheimes Stichwort hin fing der kleine Adam leise an zu quengeln, weil der Fremde die Aufmerksamkeit seiner Mutter beanspruchte.

»Und wer ist das?«, wollte Mike wissen.

»Das ist Adam.« Jenny strahlte mit mütterlichem Stolz. »Dein Sohn, besser gesagt unser Sohn.«

»Was?« Mike musterte den Kleinen in dem Kinderwagen. Und schüttelte ungläubig den Kopf. Er hatte endlich seine geliebte Jenny aufgespürt und erfuhr dabei Knall auf Fall, dass er Vater geworden war. Das musste er mental erst einmal verarbeiten.

»Ich bin wegen Adam von Sydney weggezogen. Zumal sich die Ereignisse irgendwann überschlugen und mir alles über den Kopf wuchs. Weißt du, nachdem ich feststellte, dass ich schwanger war, erfuhr ich kurz darauf, dass deine Maschine abgeschossen wurde. Ich dachte, ich würde dich vielleicht nie wiedersehen, und ich wollte natürlich, dass das Kind behütet aufwuchs.

Meine Tante und mein Onkel haben in der Nähe von Carcoar eine Farm, sie haben mich mit offenen Armen aufgenommen.«

Mike war weiterhin baff. »Mein Sohn. Unser Sohn. Erst finde ich die Brosche, dann dich, und dabei erfahre ich, dass ich einen Sohn habe. Der kleine Adam. Also, den heutigen Tag werde ich bestimmt nie vergessen.«

Er küsste sie lange und zärtlich.

Joe Stefanos, der das glückliche Wiedersehen durch die Schaufensterscheibe verfolgte, nickte versonnen. Wetten, dass die beiden Turteltauben genug mit sich selbst zu tun hatten und die Brosche im Überschwang ihrer Emotionen glatt vergessen würden? Er wickelte den Schmuck vorsorglich in Seidenpapier, und als sie sich aus ihrer Umarmung lösten, lief er auf die Straße. Übergab Jenny das Päckchen, woraufhin sie ihm einen Umschlag in die Hand drückte.

»Also, ich schließ jetzt meinen Laden und fahr nach Hause. Ich muss meiner Helena unbedingt von eurer mitreißenden Liebesgeschichte erzählen.« Joe grinste breit und klopfte sich mental auf die Schulter, dass er daran nicht ganz unbeteiligt war. Immerhin hatte er die nette Mrs. Brown wieder mit ihrem Verlobten zusammengebracht. Beschwingten Schrittes ging er wieder in sein kleines Geschäft. Er freute sich für die beiden.

Zwei Tage später fuhren Liam und Corinne Westaway nach Carcoar. Endlich durften sie Jenny kennen lernen. Und natürlich ihren Enkel. Dass Mike sie aufgespürt hatte, war ein kleines Wunder. Nicht zuletzt dank des funkelnden Topas, der wieder in den Familienbesitz überging. Damit bestätigte sich erneut, dass der Brosche mit Rosemarys geheimnisvoller Gravur wahrlich übersinnliche Kräfte innewohnten.

# 11

*Sydney, Herbst 1970*

Im Victoria Park in Broadway, unweit der Sydney University, dominierte lautes, buntes Gedränge. Der Studentenausschuss hatte eine erneute Demonstration gegen den Krieg in Vietnam organisiert, und das Ergebnis war beeindruckend. Gleichgesinnte Politiker, Bürgerrechtler und Persönlichkeiten des öffentlichen Lebens hielten flammende Reden, in denen sie die Haltung der Regierung anprangerten, obwohl das Verteidigungsministerium die Zahl der Truppen, die nach Vietnam entsandt wurden, bereits reduziert hatte. Zum krönenden Abschluss der Veranstaltung übernahm eine Band, die weniger für gute Musik als für ihre Lautstärke bekannt war, mit vier Gitarren, Bassgitarre und Keyboard die Bühne. Wer Party machen wollte, tanzte bereits in den Nachmittagsstunden zu heißen, schrillen Rhythmen, kiffte oder kippte wahllos Bier, Wein und Cocktails in sich hinein.

Linda Westaway, die mit fünf befreundeten Kommilitoninnen auf der Wiese zusammensaß, fand den Trubel allmählich ein bisschen zu hektisch und beschloss heimzufahren. Sie stopfte ihre Jacke in eine Schultertasche aus bunten Lederflicken und drückte sich den lässigen Strohhut auf die honigblonde Mähne. Breitrandige Hüte harmonierten ideal mit ihrem großflächigen Gesicht mit den ausdrucksvollen braunen Augen.

»Du kommst doch am Samstagabend auch zu Samanthas Verlobungsparty, oder?«, erkundigte sich Alison.

»Ich weiß noch nicht genau. Hängt davon ab, ob Tony Lust hat«, antwortete Linda mit einem strahlenden Lächeln. Tony Vincente, seit neun Monaten der Mann an ihrer Seite, hatte Anfang des Jahres sein Architekturdiplom mit Auszeichnung bestanden. Sie war mächtig stolz auf ihn.

Sie hatten sich auf irgendeiner Fete kennen gelernt. Wo, wusste sie nicht mehr; auf dem Campus und bei ihren Bekannten liefen dauernd irgendwelche Partys. Sie mochten sich auf Anhieb, setzten sich daher nach einer Stunde von dem lärmigen Besäufnis ab und fanden ein Café, wo sie sich besser unterhalten konnten und einander augenblicklich näherkamen.

Wenn ihr Vorlesungsplan an der Uni es zuließ, unternahmen sie gemeinsam Ausflüge. Sie fanden heraus, dass sie dieselben Filme mochten, ihr Musikgeschmack aber total verschieden war. Linda stand auf Rock 'n' Roll, während Tony, der italienische Eltern hatte, gern Klassik hörte. Sie machten Spritztouren in seinem klapprigen alten MG-Cabrio, gingen zum Essen aus, liebten sich in seinem verwinkelten Einzimmerapartment in Chippendale und besuchten die obligatorischen Studentenfeten. Schon nach ein paar Wochen interessierten sie sich nicht mehr für Dates mit anderen. Linda zumindest nicht. Tony war genau das, was sie brauchte, zudem klammerte er nicht wie andere, frühere Typen von ihr.

»Mensch, Linda, du musst zu Samanthas Verlobung kommen! Hey, wir gehen alle hin«, meinten zwei andere Studentinnen unisono.

»Ich bin wahnsinnig gespannt auf ihren Verlobten.

Samantha meint, er sieht fantastisch aus.« Aus Kate sprach der blanke Neid.

»Hast du was anderes erwartet? Schließlich will sie ihn ja heiraten. Immerhin ist er Arzt, und seine Familie stinkt vor Geld. Das hat sie mal wieder fein hingekriegt. Setzt sich ins gemachte Nest und braucht nicht mal mehr ihr Studium abzuschließen«, giftete Harriet Meares.

»Tony ist kein großer Partygänger, vor allem, wenn er die Leute nicht kennt, und«, Linda zog die Unterlippe zwischen die Zähne, eine Angewohnheit von ihr, wenn sie scharf überlegte, »ich hab, ehrlich gesagt, keinen Bock, mir dieses Theater den ganzen Abend anzutun. Also, ich finde es bescheuert, dass Sam sich mit zweiundzwanzig unbedingt verloben muss. Es gibt schließlich nicht nur einen Kerl.«

»Dann komm ohne Tony. Oder seid ihr zwei etwa unzertrennlich wie siamesische Zwillinge?«, versetzte Harriet spitz.

»Sei nicht so gehässig, Harriet. Tony und Linda sind seit Monaten zusammen«, warf Alison unnötigerweise ein, denn Linda war sehr wohl allein in der Lage, sich gegen Harriets Verbalattacken zur Wehr zu setzen.

»Mal schauen.« Linda stand auf und klopfte sich Grashalme von der Jeans. Nickte in die Runde und bedachte Harriet mit einem mordlüsternen Blick. »Tschüss. Ich muss weg. Bin mit Tony im Fortune's Café verabredet.«

Die fünf Mädchen blickten Lindas großer, schlanker Silhouette nach, wie sie über den Rasen lief und in der Menge verschwand.

Nachmittags war es am ruhigsten in den Cafés an der King Street in Newtown, das Fortune's Café war fast leer. Linda glitt zu ihrem Lieblingstisch im hinteren Bereich des Cafés, wo sie sich hinsetzte und auf Tony wartete. Ihre Gedanken spazierten zurück zu ihren Kommilitoninnen im Park und der Diskussion um Samantha de Batistas Verlobungsparty. Du lieber Himmel, wie konnte das Mädchen derart beschränkt sein, ihr Herz an einen Mann, an eine Riesenhypothek für ein Haus und womöglich einen Stall voller Kinder zu hängen! Sie war blutjung, das Leben lag noch vor ihr. Linda schüttelte verständnislos den Kopf. Gottlob war sie da anders gestrickt und ihre Beziehung mit Tony locker, unkompliziert und unkonventionell – und so sollte es vorerst auch bleiben, fand sie.

Als ihr Freund zehn Minuten später das Café betrat, war sie bass erstaunt. Sie wusste zwar, dass er in Anzug und Krawatte erscheinen würde, weil er direkt von einem Vorstellungsgespräch kam, aber dermaßen in Schale geworfen hatte sie ihn noch nie erlebt. Vor ihr stand ein Fremder – allerdings musste sie einräumen, dass er gar nicht übel aussah. An der Uni hatte er ausschließlich Jeans und legere Klamotten getragen und sich für das Vorstellungsgespräch notgedrungen einen Anzug von seinem jüngeren Bruder Nicky ausborgen müssen. Sakko und Hose passten perfekt, mitsamt hellblauem Hemd und Krawatte in dezentem Paisleymuster. Überdies hatte er sich von dem dunklen Pferdeschwanz und den langen Elvis-Koteletten getrennt, mit denen sie ihn kennen gelernt hatte.

Bevor er sich zu ihr setzte, drehte er eine spielerische Pirouette und grinste über ihre befremdliche Miene. »Na, wie findest du mein Outfit?«

»Du siehst … ähm … gewöhnungsbedürftig aus!«

Mit einem theatralischen Seufzen klemmte er sich neben sie hinter den Tisch. »Mamma hat mich so lange bequatscht, bis sie mich weichgeklopft hatte. Wenn ich in einem Architektenbüro arbeiten wolle, und sei es auch nur für ein paar Wochen, beharrte sie, könne ich nicht ewig weiter im schlunzigen Studentengammellook rumrennen.«

Die Kellnerin kam an ihren Tisch, und sie bestellten Wiener Melange und Traubenschnitten.

»Und? Hast du den Job bekommen?«

Er nickte. »Ich fang Mittwoch für drei Wochen in dem Laden an.«

»Und in einem Monat fährst du nach Florenz für dein Postgraduiertenstudium.« Sie verzog schmollend die Mundwinkel. »Dann sehe ich dich ein geschlagenes Jahr lang nicht. Und was wird aus mir, wenn du dich so lange in der Weltgeschichte herumtreibst, mmh?«

Tony zog die dunklen Brauen zusammen und fixierte sie gedankenvoll. »Also, erst mal hoffe ich, dass du mich wahnsinnig vermisst.« Woraufhin sie ihm die Zunge herausstreckte, was er geflissentlich ignorierte. »Außerdem könntest du dich intensiver auf dein Studium konzentrieren. Immerhin ist es dein letztes Jahr an der Uni.«

Sie quittierte seinen Kommentar mit einer angeekelten Grimasse. »Hör mir bloß mit dem Quatsch auf. Kannst du mir mal sagen, weshalb ich mich großartig aus dem Hemd reißen soll? Ich will mich schließlich nicht verbiegen. Zudem würde das meinem legendären Ruf an der Uni schaden.«

Er drohte ihr scherzhaft mit dem Zeigefinger. »Du bist unschlagbar. Und eine von den Intelligenzbestien, die fast nie die Nase in ein Buch stecken und trotzdem super abschneiden. Ich dagegen hab mir den Arsch aufgerissen für meine Noten.«

Linda schenkte ihm ein strahlendes »Weiß ich doch alles«-Lächeln und stürzte den letzten Schluck Kaffee hinunter. Sie hatte eben Glück und war mit einem phänomenalen Gedächtnis gesegnet. Adam, ihr älterer Bruder, inzwischen Anwalt, und ihre Schwester Michelle, die als Lehrerin arbeitete, beneideten sie darum. Ihre Eltern, Mike und Jenny Westaway, hatten lange gerätselt, von wem sie diese Gabe geerbt haben mochte. Zuweilen konnte so ein Elefantengedächtnis aber auch lästig sein, weil ihr Auseinandersetzungen und böse Anspielungen noch lange im Kopf herumspukten, wie beispielsweise die dauernden Spitzfindigkeiten von Harriet Meares. Hatte sie damit ein Problem? War sie etwa eifersüchtig, oder, schoss es ihr blitzartig durch den Kopf, fing Tony schon an zu klammern? Sie schüttelte den Kopf und giggelte leise. Der Gedanke war absurd. Nur wegen der alten Männerhasserin Harriet? Bestimmt nicht!

Tony zahlte, und sie schlenderten zu seinem Wagen. Er fuhr sie nach Hause zum Centennial Park, wo ihre Mutter ihn überredete, zum Abendessen zu bleiben. Bevor er ging, beschwatzte Linda ihn so lange, bis er leise grummelnd einwilligte, sie am kommenden Samstag zu Samanthas Verlobungsparty zu begleiten.

Am späteren Abend, als Jenny Westaway schlafen gehen wollte, klopfte sie auf dem Weg nach oben an Lindas Zimmertür und rief: »Stell die Musik ein bisschen leiser, bitte, Liebes, ja?«

»Okay, Mum«, lautete die muffelige Antwort.

Jenny seufzte resigniert. Das Rockmusical *Hair* dröhnte unverändert laut durch die massive Holztür und verfolgte sie durch den Flur zu ihrem Schlafzimmer. Bei dieser Beschallung wären die meisten aus Lindas Generation mit vierzig bestimmt stocktaub, überlegte sie kopfschüttelnd. Mike schlief schon – er arbeitete derzeit an einem gigantischen Bauprojekt in der Innenstadt und kam abends spät heim. Während sie sich abschminkte und bettfertig machte, dachte sie über Lindas Freund nach.

Tony war ein echt netter Junge – pardon: ein echt netter junger Mann. Mit Anzug und Krawatte hatte er richtig seriös und erwachsen ausgesehen. Sie kannte ihn bislang bloß in abgewetzten Jeans, Rollkragenpullis oder T-Shirts, Lederjacke und total ausgelatschten Boots oder Turnschuhen. Insgeheim amüsierte sie sich darüber, dass die Mehrzahl der Studenten in diesem Einheitslook herumlief, obwohl sie andererseits groß tönten, dass sie jede Form von Konformismus oder Gruppenzwang verabscheuten.

Schade, dass er für ein Jahr nach Italien gehen würde, dachte sie, während sie mit den Fingerspitzen einen Tupfer Feuchtigkeitscreme auf ihrer Stirn verrieb. Sie fand, dass Tony und Linda ein schönes Paar abgaben. Aber, und jetzt kam das ganz große Aber: Ihre flatterhafte, lebenshungrige jüngste Tochter sah das vermutlich nicht so. Linda war schon als Kind anders als ihre Geschwister gewesen: Anfangs war sie begeistert vom Ballett gewesen, dann hatte sie Tennis- und Klavierunterricht genommen, die Musikstunden jedoch nach einem Jahr gelangweilt hingeworfen, und das, nachdem sie ein sündhaft teures Klavier angeschafft hatten. Danach wollte sie plötzlich Gitarre spielen! Sie lernte zu leicht, beteuerte Mike, und verlor deshalb schnell das Interesse an einer Sache. Linda war nicht wirklich oberflächlich. Sie besaß durchaus Verantwortungsbewusstsein, gepaart mit einem gewissen Zweckoptimismus, aber so waren die jungen Leute nun einmal. Linda repräsentierte eben die »neue« Generation, wie Journalisten sie gern umschrieben.

Ihre Mutter legte seufzend die Haarbürste auf den Toilettentisch. Bisweilen wünschte sie sich, sie und Mike wären strenger mit ihrer kapriziösen Tochter gewesen. Und was hätte das geändert? Nichts. Linda hatte nämlich schon sehr früh eine eigene Persönlichkeit entwickelt. Sobald sie als Kleinkind sitzen konnte, hatte sie sich nicht mehr füttern lassen, sondern selbst den Löffel halten wollen, und als sie zu laufen anfing, hatte sie ihren kleinen Dickkopf durchgesetzt, sich ohne fremde Hilfe anzuziehen. Lange vor der Pubertät und dem Erwachsenwerden hatte sie ein gesundes Selbstbewusstsein entwickelt, sich abgenabelt. Eigentlich konnte Jenny sich nicht beklagen. Im Gegenteil, sie war stolz, dass ihre Tochter in vielem ein richtiger Überflieger war. Aber nachdem sie und Mike auf die sechzig zugingen, hätte sie schon gern gesehen, wenn sie mit jemandem wie Tony eine feste Bindung eingegangen wäre. Adam hatte seine Frau Veronica und die Zwillinge, Michelle war mit Peter verheiratet.

Was soll's, verdrängte sie den Gedanken an Tony und Linda; ihre Tochter war noch jung, und irgendwie würde es sich schon auf die eine oder andere Weise ergeben. Sie glitt unter das Laken und kuschelte sich an Mikes Rücken, doch der schlief wie ein Murmeltier und rührte sich nicht.

# 12

Da Mike schon mehrmals bei Tonys Eltern gewesen war, kannte er die Strecke nach Earlwood mittlerweile im Schlaf. An jenem Sonntag waren er, Jenny und Linda dort eingeladen, weil die Vincentes ihren dreißigsten Hochzeitstag feierten.

Als sie ankamen, war die Straße komplett zugeparkt, und sie mussten ein gutes Stück laufen. Die Haustür stand sperrangelweit offen, Männer, Frauen und Kinder schoben sich hinein und hinaus, beladen mit Schüsseln, Platten, Getränken und hübsch eingepackten Geschenken.

Linda zog ihren Minirock glatt, stopfte ihr blaues kurzärmliges Top in den Bund. Sie trug eine Lederjacke über dem Arm, falls es später kühler werden sollte, und ging voraus. Stimmungsvolle Musik klang ihnen aus dem Garten entgegen; das war bestimmt Tonys Onkel Guiseppe mit seinem Akkordeon. Guiseppe war ein begnadeter Musiker, der nach Gehör alles spielen konnte, ob Klassik oder Pop. Lindas hochhackige Sandaletten klackerten über die Bodenfliesen, als sie die weitläufige Halle betrat, in das Wohnzimmer stöckelte, wo sie ihr Geschenk zu den anderen legte, und durch die Küche in den Garten ging.

Auf dem Rasen stand ein mit Luftballons und Papiergirlanden geschmücktes Festzelt, die Klapptische im Innern bogen sich unter dem reichhaltigen, appetitlich angerichteten Büfett. Im Swimmingpool planschten die Kinder der Gäste – und erst der Geräuschpegel! Geradezu ohrenbetäubend, als ob sechzig Leute gleichzeitig plauderten und lachten.

»Linda, Mike, Jenny!«, rief Tonys Mutter Maria aufgeregt. Sie lief zu den Westaways und schloss alle drei in eine temperamentvolle Umarmung. »Ich freue mich irrsinnig, dass ihr kommen konntet!« Nach einem aufrichtigen Lächeln zu Mike und Jenny wandte sie sich an Linda. »Tony muss hier irgendwo sein. Vermutlich schleppt er irgendwelche Fässer. Soweit ich weiß, wollte er nämlich beim Bierzapfen helfen.« Sie kniff Linda neckisch in die Wangen und schimpfte: »Du bist zu dünn, viel zu dünn. Du musst mehr essen. *Mangia!*« Unversehens scheuchte sie die drei zum Festzelt, drückte ihnen Teller in die Hand und beschwor sie, bei den Meeresfrüchten und Nudeln ordentlich zuzulangen.

Marias überschwänglicher Gastfreundschaft konnte man sich schwerlich entziehen. Jenny versuchte es wenigstens. »Als wir das letzte Mal hier waren, Maria, hatte ich hinterher zwei Pfund zugenommen. Du kochst eben phänomenal gut!«

»Das kann ich nur bestätigen!«, bekräftigte Mike. Er schaufelte sich unbekümmert gegrillten Babyoktopus, Kalamares und Salat auf den Teller und ignorierte geflissentlich die strafenden Blicke seiner Frau.

In diesem Augenblick nahte Tony zu Lindas Rettung. Lässig in beigefarbener Bundfaltenhose und einem schwarzen Poloshirt, das seine sportliche Statur und den südländisch dunklen Teint unterstrich, begrüßte er ihre Eltern. Dann winkte er Linda unter dem Vorwand von der kleinen Gruppe weg, dass er sie seinen Cousins vorstellen wolle. Sie seien angesichts der Familienfeier extra aus Griffith angereist. »Kannst du mir noch einmal verzeihen?«, raunte er an ihren Lippen, bevor er diese mit einem zärtlichen Begrüßungskuss besiegelte. »Aber du weißt ja, wie Mamma ist. Eine Frau hat gefälligst schön rund und mollig zu sein, so wie sie selbst.« Einen Arm besitzergreifend um Lindas Taille geschlungen, machte er sie mit seinen Cousins bekannt. Ronaldo, einer von ihnen, entpuppte sich als echter Charmebolzen.

Er grinste breit und führte ihre Hand an seine Lippen wie ein altmodischer Gentleman. »Ich bin entzückt, *Bellissima*. Verraten Sie mir doch bloß mal, was Sie an dem hässlichen Langweiler Tony finden?«

Linda musste lachen. Tony war bei Weitem attraktiver als die männlichen Mitstreiter aus dem Vincente-Clan, die man ihr bisher vorgestellt hatte, Ronaldo eingeschlossen. »Oh, keine Ahnung, er ist eben …« Sie strahlte seinen Cousin an. »… etwas Besonderes für mich.«

»Aaahh, was Besonderes«, wiederholte Ronaldo gedankenvoll. Gespielte Enttäuschung malte sich auf seiner Miene. »Na dann. Ist es was Ernstes?«, wandte er sich an Tony. »Hör ich da etwa schon im Hintergrund die Hochzeitsglocken läuten?«

»Grundgütiger, nein!«, warf Linda hastig ein. »Wir sind doch nicht von allen guten Geistern verlassen! Außerdem fährt Tony für ein Jahr nach Italien, und ich bin noch an der Uni. Also das H-Wort ist für uns kein Thema, oder?« Bestätigung suchend blickte sie zu Tony.

Er zuckte bloß wegwerfend mit den Achseln und wandte sich zum Gehen. »Nein, wohl eher nicht.« Erkennbar ärgerlich über Ronaldos unverhohlene Neugier, warf er seinem Cousin einen todbringenden Blick zu, packte Linda am Handgelenk und zog sie mit sich fort. »Papa und Onkel Guiseppe haben eine provisorische Bühne aufgebaut. Komm mit, wir schauen uns die Tanzgruppe mal an – sie führt Volkstänze aus Papas Heimatdorf in Bertinoro auf.«

Nach dem langen Herumstehen war Linda froh, endlich einmal sitzen zu können. Ihre Füße in den hochhackigen Pumps schmerzten höllisch. Sie plauderte mit Tonys großer Verwandtschaft und genoss das bunte Treiben. Die Familie Vincente und ihr Freundeskreis wussten sich zu amüsieren – wie viele Italiener waren sie temperamentvoll, fröhlich und ausgelassen. Aldo, ein Freund aus Deutschland, begeisterte mit Arien, die er mit seiner schönen Tenorstimme vortrug. Und nachdem zwei junge Mädchen in traditionellen Trachten einen Volkstanz aus Norditalien aufgeführt hatten, gelobten sich Maria und Marco Vincente vor ihrem Gemeindepfarrer, Pater di Maggio, erneut eheliche Treue. Linda, die nicht besonders sentimental war, fand die Zeremonie trotzdem anrührend, weil Tonys Eltern sich augenscheinlich noch immer innig liebten.

Im Stillen verglich sie die ungezwungene Feier bei den Vincentes mit der exklusiven, professionell durchgestylten Verlobungsparty, die sie bei Samantha und ihrem Verlobten Dr. Terry Quinn erwartete. Vermutlich würde es dort stinkvornehm zugehen, der Champagner in Strömen fließen. Ein Unterschied wie Tag und Nacht. Da gefiel ihr das heutige Fest unendlich besser. Mit einem Mal wurde Linda seltsam nervös. Sie schluckte unbehaglich, ihre Kehle war plötzlich staubtrocken. Dieses ganze Brimborium um Gefühle, Liebe und Heiraten. Sie mochte es nicht zugeben, aber irgendwie bekam sie bei dem Thema Komplexe. Woran mochte das liegen?

Hatte sie Probleme mit dem Heiraten, weil sie sich unbedingt ihre Eigenständigkeit und Unabhängigkeit bewahren wollte? Weil sie es scheute, Verantwortung zu übernehmen, nicht wirklich akzeptieren mochte, dass sie erwachsen war? Eine Flut von Überlegungen stürmte auf sie ein. Schlicht und ergreifend: Sie war noch nicht bereit dazu. Es gab jede Menge spannender Dinge, die ihr momentan wichtiger waren als der Mann fürs Leben. Sie musste noch ihr Studium beenden, dann wollte sie in der Welt herumreisen und sich nachher einen interessanten Job als Schmuckdesignerin suchen, um irgendwann das Management von Westaways Jewellers zu übernehmen. Ihr Vater fand es höchst erfreulich, dass sie die Gene ihres Großvaters geerbt und ein Faible für gutes Design hatte. Damit war die Nachfolge in ihrem Familienunternehmen gesichert.

Tief in Gedanken, merkte sie zunächst gar nicht, dass Tony zu ihr schlenderte und sich neben sie setzte. Er legte einen Arm um ihre Schultern und drückte sie sanft. »Alles okay mit dir? Amüsierst du dich gut? Verzeih mir, dass ich mich viel zu wenig um dich kümmere, aber Papa ist sehr anstrengend. Alle müssen nach seiner Pfeife tanzen. Er hat sich freilich in den Kopf gesetzt, dass dieser Tag perfekt werden soll.«

»Schon verziehen. Und es ist alles perfekt, richte ihm das von mir aus, ja? Allerdings ist mir aufgefallen, dass deine Brüder Nicky und Joe sich offenbar nicht darum reißen, ein bisschen mit anzupacken.«

Er zuckte wegwerfend mit den Schultern. »So was nennt man Familienordnung. Der Älteste macht die ganze Arbeit, und die Jüngeren amüsieren sich. Aber das ist okay für mich.« Er streichelte ihre Wange, zeichnete mit seinem Zeigefinger zärtlich ihre Lippen nach. »Ich entschädige dich dafür, versprochen. Ach ja, was hältst du von einem Candle-Light-Dinner im Blue Grotto in Kensington? Als Wiedergutmachungsangebot, mmh?« Das Blue Grotto war ihr Lieblingsrestaurant, das sie zu ganz besonderen Gelegenheiten aufsuchten, denn das Essen war ausgezeichnet, allerdings nicht billig.

Sie lächelte und schlang ihren Arm um seine Taille. »Mach mir nicht den Mund wässrig.«

Maria und Jenny schlenderten währenddessen durch den weitläufigen Garten und plauderten über ihre Kinder.

»Eure Linda ist genau die Richtige für unseren Tony«, erklärte Maria entwaffnend ehrlich. Sie deutete auf die beiden, die Arm in Arm vor dem Festzelt saßen. »Sind sie nicht ein schönes Paar?« Dann, in verschwörerischem Ton: »Ich denke, Tony sucht allmählich was Festes. Vor einigen Jahren haben wir für unsere Jungen drei Apartments in Petersham gekauft. Als ich vor ein paar Tagen in seinem Zimmer saubergemacht habe – er ist ja nur noch selten hier –, fand ich Pläne zur Renovierung seiner Eigentumswohnung.«

»Vielleicht hat er die Skizzen bloß spaßeshalber angefertigt, damit er nicht aus der Übung kommt. Er ist schließlich Architekt«, schloss Jenny logisch.

»Nicht mein Tony. Ich kenne meinen Sohn. Er liebt Linda und macht ihr vor seiner Abreise nach Italien bestimmt noch einen Antrag. Darauf gehe ich jede Wette ein, Jenny.«

»Meinen Sie wirklich?« Jennys nachdenklicher Blick glitt zu Tony und Linda hinüber. Die beiden sahen zweifellos sehr verliebt aus. Und sie hatte neulich schon kleine, aber nicht unwesentliche Verhaltensänderungen bei Tony bemerkt. Er überschüttete ihre Tochter mit Aufmerksamkeiten und zärtlichen Gesten, dann strahlten seine samtig braunen Augen vor Glück, und er war wie ausgewechselt. Aber, mal ganz ehrlich, bei Linda hatte sie keine sonderliche Veränderung feststellen können. Ihre Jüngste wusste ihre Emotionen geschickt zu dosieren und ließ sich nicht in die Karten schauen. Und wie sie Linda kannte, hatte ihre Tochter bestimmt tausend Dinge im Kopf, aber heiraten? Nein. Weder Tony noch irgendeinen anderen Typen.

»Hmm, warten wir's ab, Maria. Wir werden sehen«, meinte sie diplomatisch. Sie war zwar nicht davon überzeugt, dass die beiden sich in der nächsten Zeit verloben würden, mochte Maria aber auf gar keinen Fall die fröhliche Feierstimmung verderben.

Linda wusste, dass sie dringend für die in der kommenden Woche angesetzten Klausuren würde lernen müssen, aber nachdem sie ihr Outfit für den berühmten Kostümball an der University of New South Wales abgeholt hatte, konnte sie es kaum erwarten, das kesse Charleston-Ensemble aus den 1920er Jahren anzuprobieren. In dem figurschmeichelnden Glitzerfummel mit dem freizügigen, kokett gerafften Ausschnitt und ihren mörderisch hohen Hacken sah sie umwerfend gut aus – eine moderne Femme fatale. Sie schob ihre Haarmähne unter ein glockenförmiges Hütchen mit wippenden Federn, zupfte passend zum Stil der Goldenen Zwanziger spielerisch ein paar Löckchen unter dem Rand hervor und streifte lange schmale Handschuhe über, die bis zu den Ellbogen reichten. Ein schwarzes Samtband um den Hals, und schon war das Outfit komplett. Sie nickte sich anerkennend lächelnd in ihrem Schlafzimmerspiegel zu und nahm sich fest vor, an dem betreffenden Abend ihr Make-up auf diesen speziellen Look hin abzustimmen. Tony würde sich als Gangster verkleiden, mit einer täuschend echt aussehenden Spielzeugknarre. Bestimmt würden sie auf der Fete ein umwerfendes Gaunerpärchen à la Bonnie und Clyde abgeben.

Während sie ihr Spiegelbild betrachtete, entschied sie, dass sie das Ganze noch mit einem bisschen Schmuck aufpeppen sollte. Da sie selbst nichts Passendes besaß, ging sie ins elterliche Schlafzimmer. Ihre Mutter besaß jede Menge Schmuck – wertvolle Geschenke, darunter auch einige Erbstücke. Auf dem Toilettentisch standen zwei lederbezogene Kästen, in denen Jenny Ringe, Ohrringe, Ketten und Armbänder aufbewahrte. Mit Perlen, Brillanten und anderen Edelsteinen, wovon das meiste ihr verstorbener Großvater Liam kreiert hatte.

Sie durchwühlte die erste Schatulle, verstreute die Preziosen auf der Glasplatte des Toilettentischs, fand jedoch nichts, was für den Anlass infrage gekommen wäre. Sie setzte sich auf das Doppelbett, öffnete das zweite, größere Behältnis, das ihre Mutter extra hatte anfertigen lassen. Ihre Mum war ein Ordnungsfanatiker. Es gab ein Fach für Ringe, eins für Ohrringe, für Armbänder und so fort und einen ausklappbaren Teil, der ältere Stücke enthüllte: Broschen und Anstecknadeln, aber auch ein kleines blaues Samtkästchen.

Ihre Finger glitten über das funkelnde Inventar, und sie seufzte frustriert auf. Das Einzige, was ihr bislang gefiel, waren die tropfenförmig gearbeiteten Diamantohrringe. Sie war neugierig, was die blaue Schachtel enthielt. Im Inneren steckte eine silberne Brosche mit einem großen ovalen Topas in der Mitte. Sie sah zwar ein wenig altmodisch aus, aber dennoch wunderhübsch. Die junge Frau nahm sie heraus und hielt sie ins Licht.

Der Stil mutete bei genauerem Hinsehen ungewöhnlich an. Die Brosche war mindestens fünfzig oder sechzig Jahre alt, tippte sie. Woher mochte ihre Mutter sie haben? Der im Baguetteschliff gehaltene Topas war von ausnehmend guter Qualität und in poliertes, filigran gearbeitetes Silber gefasst. Sie drehte die Brosche um und entdeckte die geheimnisvollen Symbole auf der Rückseite, was ihre Neugier zwangsläufig verstärkte. Was bedeuteten sie, und wieso war das Schmuckstück überhaupt graviert?

Sie hielt die Brosche an das Samtband, das sie um den Hals trug, und betrachtete das Ergebnis im Spiegel. Es war perfekt, das Tüpfelchen auf dem i. Zudem harmonierte die Farbe des Steins fantastisch zu ihren Augen.

Darüber kam ihre Mutter zufällig ins Zimmer. Ihr Blick fiel automatisch auf die offenen Schmuckkästen. »Hallo, was machst du denn da?«, wollte sie wissen.

»Nur ein bisschen rumstöbern, Mum. Na ja, stimmt nicht ganz. Ich suche ein paar schicke Accessoires, die ich auf dem Kostümball tragen kann, irgendwas, womit ich mein Kostüm aufpeppen kann, und«, sie hielt ihrer Mutter die Brosche hin, »ich denke, ich hab auch schon was Passendes gefunden.« Sie stand auf, drehte sich in dem mit glitzernden Pailletten bestickten Kleid und steppte mit temperamentvollen Tanzschritten durch das Zimmer, dabei hielt sie die Brosche an das samtene Halsband. »Siehst du, sie würde perfekt zu dem Samtband passen.«

»Die Topasbrosche«, sagte Jenny leise. Sie setzte sich auf das Bett.

»Wenn sie gereinigt ist, sieht sie aus wie neu. Du hast doch nichts dagegen, dass ich sie mir ausleihe, oder? Und die Ohrringe, ja?«

Jenny nahm die Brosche von ihrer Tochter und legte sie auf ihre Handfläche. Ein entrücktes Lächeln malte sich auf ihren Lippen. Für eine lange Weile blieb sie stumm. Dann sagte sie: »Diese Brosche liegt mir sehr am Herzen. Sie ist seit der Jahrhundertwende im Besitz unserer Familie und hat eine bewegte Geschichte. Bitte, such dir etwas anderes aus, Liebes, aber nicht den Topas. Okay?«

»Aber«, gab Linda uneinsichtig schmollend zurück, »er ist genau das, was ich mir zu meinem Outfit vorstelle. Die anderen Stücke interessieren mich nicht.« Sie fasste Jennys Hand. »Ich pass auch gut darauf auf, Mum, ganz bestimmt. Großes Ehrenwort.«

Zwischen Jennys Brauen schob sie eine steile Falte, da sie sich spontan einer ähnlichen Situation entsann. »Genau wie damals, als du mir hoch und heilig versprochen hast, auf meine Diamantohrringe aufzupassen, und dann doch einen verloren hast?« Sie schüttelte den Kopf. »Tut mir leid, Linda. Dafür hänge ich zu sehr an dem Stück. Ich möchte wirklich nicht riskieren, dass die Brosche abhandenkommt.«

»Ist sie denn wertvoll?« Das konnte Linda sich nicht recht vorstellen.

»Nicht im finanziellen Sinne, aber für mich ist sie es. Für mich ist sie unbezahlbar.«

Linda blinzelte. »Und weswegen?«

Jenny überlegte für einen kurzen Moment. »Hab ich dir das mit dem Topas noch nie erzählt? Ach ja, richtig. Adam und Michelle kennen die Geschichte, aber du noch nicht.«

Linda versuchte, sich ihre Enttäuschung nicht anmerken zu lassen. Ihr war freilich sonnenklar, dass ihre Mutter hart bleiben würde. Sie setzte sich wieder auf das Bett und lehnte sich zurück. »Also, dann schieß los«, meinte sie wenig begeistert.

Das ließ Jenny sich nicht zweimal sagen. »Okay. Es war vor über siebzig Jahren, irgendwo in Irland…«

Eine Dreiviertelstunde später hatte Jenny ihr die Geschichte in allen Einzelheiten berichtet: Sie spannte den Bogen von Rosemarys gälischer Inschrift auf der Rückseite der Silberfassung über Corinnes Vater, der seine Tochter und Liam auseinandergebracht hatte, erzählte, dass Stanley die Brosche in Sydney für Corinne als Geburtstagsgeschenk gekauft hatte, worauf der Goldschmied und sie wieder zusammengekommen waren. Sie ließ auch nicht aus, dass sie die Brosche an dem Abend gefunden hatte, als sie Mike kennen gelernt und dass Mike den Schmuck nach dem Krieg bei einem Pfandleiher in Cowra entdeckt hatte. Auf diese Weise hatte er sie nach ihrem Verschwinden wieder aufgespürt.

»Willst du damit sagen, dass meine Urgroßmutter Rosemary die Brosche mit irgendeinem magischen Zauber versehen hatte?« Linda unternahm erst gar nicht den Versuch, ihren Zynismus zu überspielen. »Du machst wohl Witze, Mum. Wir leben in der zweiten Hälfte des zwanzigsten Jahrhunderts. Und da glauben die Leute nicht mehr an solchen Hokuspokus. Das Ganze war bloß«, sie suchte nach einer plausiblen Bezeichnung, »eine Verkettung von Zufällen.«

»Meinst du?« Jenny lächelte nachsichtig.

»Na klar. Was sonst?«, behauptete Linda mit Nachdruck. Sie jedenfalls glaubte nicht an Zauberei und schwarze Magie. Wie konnte ihre Mum solchen Schwachsinn für bare Münze nehmen? Jenny war doch sonst eine intelligente, moderne Frau, und da plapperte sie irgendwelchen Unsinn von mystischen Kräften und so? Geradezu grotesk, aber Linda war höflich genug, sich einen diesbezüglichen Kommentar zu verkneifen.

»Sieh es, wie du willst, Schätzchen, trotzdem bleibt die Brosche hier.« Jenny packte sie kurzerhand wieder in ihr Etui und legte sie zu dem anderen Schmuck. »Such dir meinetwegen was anderes aus, was zu deinem Halsband passt. Okay?«

»Okay, Mum.« Linda stand auf und verzog sich in ihr Zimmer, wo sie das Kostüm auszog und zurück auf den Bügel hängte. Sie streifte einen roten Lederminirock über und ein gestreiftes Top. Die Brosche ging ihr nicht mehr aus dem Kopf. Es war ein ausnehmend hübsches und ungewöhnliches Schmuckstück. Dass ihr Großvater es seiner späteren Frau Corinne als Zeichen seiner tief empfundenen Liebe geschenkt hatte, machte es zu etwas Besonderem, ungeachtet der Tatsache, dass auf der Rückseite irgendein Unsinn eingraviert war. Ohne groß nachzudenken, schnappte Linda sich einen Zeichenblock und skizzierte das Aussehen der Brosche aus dem Gedächtnis nach. Das machte sie schon seit etlichen Jahren, wann immer ihr die Idee zu einem Schmuckentwurf kam. Sie bewahrte diese Zeichnungen in einer Sammelmappe auf. Als sie sämtliche Details festgehalten hatte und mit dem Ergebnis zufrieden war, riss sie den Bogen vom Block und legte ihn in den Ordner auf die anderen Skizzenblätter.

Die Aula der University of New South Wales konnte bequem achthundert Menschen aufnehmen, indes drängten sich dort anlässlich des weithin beliebten Kostümballs schätzungsweise mehr als tausend Gäste. Es war ein Kaleidoskop aus Farben und Verkleidungen, von einfallsreichen über abgedroschene Kostüme bis hin zu langweiliger Kaufhauseinheitsware. Die Bands spielten wild und laut, Alkohol gab es reichlich, am Büfettnachschub haperte es – mit dem Ergebnis, dass etliche Studenten schon vor Mitternacht sturzbetrunken schlappmachten.

Tony und Linda saßen an einem Tisch mit ihren Kommilitoninnen, ihrer besten Freundin Alison, Samantha, Kate und ihren jeweiligen Partnern. Harriet hatte sich ebenfalls an ihren Tisch gezwängt. Weshalb, war Linda schleierhaft. Bei dem ohrenbetäubenden Krach konnte man sein eigenes Wort nicht verstehen!

Samantha, einen Arm besitzergreifend durch den ihres Verlobten geschlungen, sagte in einer Musikpause zu Linda: »Dein Outfit sieht toll aus. Mit der coolen Zigarettenspitze, dem Halsband und den scharfen Handschuhen – echt klasse.«

»Danke.« Lindas Blick glitt von einem zum anderen. »Ich finde, wir sehen alle super aus.« Bis auf Harriet und Bob, ihren Partner, die sich als ägyptische Mumien in zig Meter Stoffstreifen eingewickelt hatten. Wie einfallslos und öde. Natürlich sahen sie und Tony am besten aus, nicht zuletzt, weil ihre Kostüme passend aufeinander abgestimmt waren. Das sagte sie freilich nicht laut.

Harry Boskovich, einer ihrer Studienkollegen, kam an den Tisch und holte sie zum Tanzen. Sie glitten auf die Tanzfläche, wo sie richtig losfetzten.

Tony, der sie heimlich beobachtete, räumte zähneknirschend ein, dass Harry … Dingsda ein begnadeter Rock-'n'-Roll-Tänzer war. Der Junge hatte den Rhythmus im Blut. Er selbst konnte den schnellen, hektischen Tänzen nicht viel abgewinnen; er mochte langsame Musik und tanzte gern eng umschlungen mit Linda. Sie dagegen stand auf dieses wilde Zeugs und ließ keine Gelegenheit aus, mit anderen Typen abzurocken. Heute

Abend war ihm das gar nicht so recht, gleichwohl ließ er sich nichts anmerken. Zumal es fantastisch aussah, wie seine Freundin zu den heißen Beats herumwirbelte. Was ihm nicht behagte, war die Vertraulichkeit, mit der Harry sie führte. Ein Muskel in seiner Kinnpartie zuckte verräterisch. Verdammt, der Kerl war wohl lebensmüde, sie so anzutatschen!

Um halb zwei in der Früh machten die Nachtschwärmer den Abflug. Tony und Linda liefen zu seinem MG, um das kurze Stück zum Centennial Park zurückfahren.

»Du warst heute Abend ziemlich still«, sagte Linda und sank auf den Beifahrersitz. »Hat es dir auf dem Ball nicht gefallen?«

»Doch, doch, war schon okay«, meinte Tony beiläufig, während er in den nächsten Gang hochschaltete.

Seine einsilbige Antwort machte ihr klar, dass er den Abend bestimmt nicht besonders prickelnd gefunden hatte. »Fühlst du dich nicht gut?« Er hatte kaum etwas getrunken, am Alkohol konnte es folglich nicht liegen.

»Irrtum, ich fühle mich blendend«, versetzte er. Nach einem tiefen Atemzug korrigierte er sich: »Also, wenn du es genau wissen willst: Ich fühle mich überhaupt nicht gut.« Nach einem flüchtigen Seitenblick zu ihr heftete er seine Augen wieder auf die Straße. »Ich bin sauer. Stinksauer, um ehrlich zu sein.«

»Weswegen?«, erkundigte sie sich und stutzte. »Etwa wegen mir?«

»Ja. Obwohl wir fest zusammen sind, lässt du keine Gelegenheit aus, mit anderen zu tanzen. Und ich stehe da wie ein Loser. Wer ist dieser Harry Bosko oder wie der Typ heißt? Der ging ja ran, als wäre der sexuelle

Notstand bei ihm ausgebrochen; verdammt nochmal, der Kerl hatte seine Finger überall.«

»Das stimmt überhaupt nicht«, wehrte sie sich augenblicklich. »Harry ist in meiner Textildesign-Klasse. Er ist ein guter Tänzer, mehr nicht. Ich kapier nicht, weshalb du dich da künstlich aufregst, Tony. Anders als ich magst du keine schnellen Tänze. Erwartest du etwa von mir, dass ich wie eine brave Ehefrau neben dir hocke, bis die Musik kommt, auf die du abfährst? Findest du nicht, dass das ganz schön egoistisch ist?«

»Egoistisch? Du findest mich egoistisch? Immerhin warst du diejenige, die keinen Tanz ausgelassen hat. Und ich saß da wie ein Idiot und konnte Däumchen drehen.«

Linda verstand die Welt nicht mehr. Wieso machte er deswegen einen Mordsaufstand? Das passte gar nicht zu ihm. Plötzlich dämmerte es ihr: Tony war eifersüchtig. Genau das war es. Aber warum? Er war vorher noch nie eifersüchtig gewesen. Womit hatte er plötzlich Probleme? Sie beschloss, das einzig Vernünftige zu tun und die Wogen zu glätten. »Tut mir wahnsinnig leid, wenn es für dich so ausgesehen hat. Das hab ich nicht gewollt. Ich dachte, du freust dich, wenn ich eine gute Zeit habe.«

»Ich dachte, wir wollten uns gemeinsam eine gute Zeit machen«, entgegnete er, sein Ton eine Spur einlenkender.

Er setzte den Blinker, steuerte in eine Parklücke und stellte den Motor aus. Er drehte sich halb zu ihr und zog sie über den unbequemen Sitz in seine Arme. »Verzeih mir, wenn ich ein bisschen aufbrausend war. Es ist nur, na ja, ich fahre bald für länger weg, und die wenige Zeit bis dahin möchte ich intensiv mit dir genießen.«

»Oh.« Sie versenkte ihren Blick in seinen und atmete mental auf. Ihre Züge entspannten sich. »Ja. Natürlich. Das will ich auch.« Sie küsste ihn. Also daher wehte der Wind. Deshalb sein sonderbares Verhalten. Warum hatte sie nicht gleich darauf getippt? »War dumm von mir. Kannst du mir noch einmal verzeihen?«

Er grinste und versiegelte ihre Lippen mit einem zärtlichen Kuss. »Mit dem größten Vergnügen.« Sie versöhnten sich bei einem langen, heißen Petting in seinem Sportflitzer, den sie nicht zum ersten Mal verfluchten, weil er so eng war. Dann fuhr er sie nach Hause.

Die Prüfungsklausuren lagen hinter ihr, und Linda hatte alles in allem ein gutes Gefühl. Sie stand an ihrem Zimmerfenster und blickte nachdenklich über die windgepeitschten Bäume auf die Straße. Draußen tobte ein heftiges Unwetter. Blitz und Donner wüteten über diesem Teil Sydneys, und so ähnlich ging es ihr auch: Sie war wütend. Seit dem Kostümball auf dem Unigelände und ihrer Auseinandersetzung mit Tony war sie emotional gespalten. Es war ihr erster und ein vergleichsweise harmloser Streit gewesen, wenn sie überlegte, was ihre Freundinnen des Öfteren so erzählten, trotzdem wirkte er sich nicht unmaßgeblich auf ihre Beziehung aus, fand Linda.

Sie hatte ihre Gefühle nicht mehr so gut unter Kontrolle wie früher. Bisher hatte sie geglaubt, sie könnte ihre Dates, den Grad der Vertraulichkeit zwischen ihnen und ihre Partnerschaft überhaupt wohl dosiert genießen. Null Erwartungshaltung, einander zu nichts verpflichtet, alles ganz locker. Inzwischen hatte sich klammheimlich ein leiser Wandel vollzogen, und Tony wollte anscheinend mehr. Er engagierte sich stärker für ihre Beziehung und machte andauernd irgendwelche Andeutungen, wie er sich ihr weiteres Leben vorstellte. Das ärgerte sie, ja, es machte sie rasend.

Bei intensiverem Nachdenken hätte sie realisiert, wohin das führen würde. Sie machte sich jedoch keine allzu großen Kopfschmerzen.

Während seiner Studienzeit hatte Tony sich zu einem ganz passablen Koch gemausert. Die Tricks und Kniffe hatte er seiner Mutter abgeschaut, wenn er an den Wochenenden nach Hause fuhr. Ansonsten bewohnte er seit knapp vier Jahren ein Einzimmerapartment mit Küchenzeile und Bad in einem alten Terrassenhaus in Chippendale, in unmittelbarer Nähe zur Universität. In dem großen Raum befand sich eine gemütliche Sitzecke mit Tisch und Sofa. Eine Wand säumten deckenhohe Regale, in denen sich Bücher stapelten. Um das Tageslicht ausnutzen zu können, standen Schreibtisch und Zeichenbrett in Fensternähe. Der Schlafbereich war durch einen Vorhang abgetrennt, dahinter standen ein alter Schrank und ein Bett.

Tonys selbst gezaubertes Dinner – Minestrone, Canneloni mit Salat und als Dessert geeiste Erdbeeren in einem preiswerten Champagner – versetzte beide in eine träge, zufriedene Stimmung. Nachdem sie den Abwasch erledigt hatten, wollte Linda wissen, ob er anstatt Architekt nicht lieber Chefkoch geworden wäre.

»Ich hab kurz mit dem Gedanken gespielt, mich dann aber doch für das Architekturstudium entschieden, weil ich das Chaos verabscheue, das man während des Kochens zwangsläufig in der Küche veranstaltet«, meinte er trocken.

Später zündete er ein paar Duftkerzen an und knipste

das Licht aus, woraufhin die zuckenden Flammen bizarre Schatten auf Wände und Decke malten. Das machte er immer, bevor sie sich liebten. Dann lagen sie auf dem Bett, betrachteten die Schattenspiele, küssten und kosten einander, bis sie sich im Rausch ihrer Leidenschaft verloren.

Tony war ein zärtlicher, aufmerksamer und erfahrener Liebhaber. Er streichelte ihre Brüste, leckte ihre Knospen, bis sie hart wurden, umkreiste mit federsanften Fingerspitzen ihren Bauchnabel, glitt tiefer und tiefer, fand das verlockende Delta ihrer Scham. Er streichelte die Innenseiten ihrer Schenkel und ihre intimsten Zonen, bis sie sich ihm einladend entgegenbog, ihn mit feurigen Blicken und Küssen beschwor, ihr zu geben, was sie beide ersehnten – Erlösung von ihrer angestauten Lust. Er wusste um den Zenit ihrer Erregung. Dann drängte er in ihre samtig feuchte Mitte, schob sich in die prickelnde Wärme, stimulierte und stieß sie, bis sie gemeinsam zu einem schwindelerregenden Orgasmus fanden. Nachher entspannten sie sich in verträumter Glückseligkeit; erschöpft und befriedigt lauschten sie dem aufgewühlten Rhythmus ihrer Herzen.

Als er aus ihr herausglitt und sich neben sie auf den Rücken rollte, tastete er mit der rechten Hand nach ihrer linken, verschränkte seine Finger mit ihren. »Wahnsinn, absolut megamäßig«, raunte er mit einem Hauch von Verwunderung in der Stimme. »Du und ich, wir passen fantastisch zusammen.«

Linda, die ähnlich dachte, ließ seine Äußerung unkommentiert. Sie harmonierten wirklich ideal, und nicht nur auf sexueller Ebene. Ihre Beziehung klappte so gut, weil sie viele gemeinsame Interessen hatten und einander respektierten. Sie hatte es hartnäckig zu verdrängen versucht, trotzdem fühlte Linda unvermittelt einen schmerzhaften Stich in der Brustgegend. Sie würde ihn schrecklich vermissen, wenn er in Italien war. Sein Flug ging in sechs Tagen, und dann würden sie sich für mindestens zwölf Monate nicht mehr sehen. Es würde ein einsames, hartes Jahr für sie werden. Ein kaum vernehmliches Seufzen entrang sich ihren Lippen.

»Was ist denn? Was hast du?«, wollte Tony augenblicklich wissen.

»Ach, nichts Besonderes«, wich sie ihm aus und seufzte erneut. »Ich dachte nur gerade, dass ein Jahr eine verflixt lange Zeit ist. Du wirst mir sehr fehlen.«

Er drehte sich auf die Seite, fixierte sie mit einem entwaffnend jungenhaften Lächeln. »Du mir auch.« Er wurde unversehens ernst. »Weißt du was, Liebes, ich finde, wir sollten uns vorher noch verloben. Ich liebe dich, und du liebst mich doch auch, oder? Also, was hält uns davon ab? Nichts.« Als sie spontan etwas erwidern wollte, presste er zärtlich einen Finger auf ihre Lippen. »Pssst, sag jetzt nichts. Ich hab etwas für dich.« Er tastete mit einer Hand auf dem Fußboden herum und fischte ein quadratisches Kästchen unter dem Bett hervor. Drückte mit dem Daumen den Deckel auf und präsentierte Linda einen Diamantring, der in einem weißen Satinpolster steckte. Breit grinsend meinte er mit rauer, kehliger Stimme: »Willst du mich heiraten?«

Damit hatte Linda nun wahrlich nicht gerechnet. Sie war völlig perplex. Ein Sturm der Emotionen ging über sie hinweg. Seine Worte echoten in ihren Ohren, der dämmrige Raum schien sich mit einem Mal vor ihren Augen zu drehen. Was sollte sie darauf bloß antworten? Ja, ich will? Ich bekenne mich zu dir und heirate dich? *Heirat, das bedeutete letztlich Abhängigkeit und Über-*

*nahme von Verantwortung. Ooohh* … Welches Teufelchen hatte ihn denn da geritten? Sie konnte nicht mehr klar denken, ihre grauen Zellen gerieten ins Chaos. Wie kam er plötzlich auf das Thema Heiraten? Sie schlug die Augen nieder, spähte heimlich durch ihre dichten Wimpern hindurch zu ihm. Und stellte fest, dass er gespannt wie ein Flitzebogen auf ihre Reaktion wartete. Seine selbstbewusst-zuversichtliche Miene suggerierte ihr, dass er felsenfest mit einem Ja rechnete.

Ach, du lieber Himmel, was sollte sie ihm jetzt bloß antworten? Über Heiraten, Ehe und Kinderkriegen hatten sie nie gesprochen – das war ein Tabuthema gewesen. Eine Flut von Fragen stürmte unvermittelt mit brutaler Härte auf sie ein. Hatte er etwa Bedenken, dass sie nach seiner Abreise mit einem anderen Typen anbandeln könnte? Nach dem Motto: Aus den Augen, aus dem Sinn? Oder wollte er alphamännchengleich sein Terrain abstecken, damit andere Männer die Finger von ihr ließen? Und wieso fragte er sie das jetzt, wenige Tage bevor er den Abflug machte? Als wollte er ihr förmlich das Messer auf die Brust setzen! Linda fühlte sich offen gestanden nicht besonders wohl in ihrer Haut.

»Ich weiß nicht, was ich sagen soll. Damit hatte ich nicht gerechnet«, antwortete sie unschlüssig, nachdem sich ihre erste Bestürzung gelegt hatte.

»Sicher, es kommt ein bisschen überstürzt. Wir haben bisher noch nie anklingen lassen, ob wir eine engere Bindung eingehen wollen, aber«, er grinste von Neuem, »einmal ist immer das erste Mal. Und ich finde, der Zeitpunkt ist goldrichtig.« Er senkte seine blauen Augen beschwörend in ihre. »Und?«

»O Tony, ich werde die Frage weder mit Ja noch mit Nein beantworten. Es ist … ich brauche einfach Zeit zum Nachdenken.« Ihr war klar, dass sie ihn mit dieser Antwort verletzte. Trotzdem wollte sie kein Blatt vor den Mund nehmen und ehrlich sein, in ihrer beider Interesse. Sie mochte Tony sehr, vielleicht war sie sogar in ihn verliebt – sie war sich einfach unsicher, wie tief sie für ihn empfand. Eines wusste sie jedoch: Sie war nicht scharf auf eine Ehe, für diese Bis-dass-der-Tod-euch-scheidet-Geschichte. Das kam überhaupt nicht in die Tüte.

Er geriet sofort in die Defensive. »Die Frage ist doch nicht schwer zu beantworten, Linda. Entweder willst du mich heiraten oder du willst nicht.« Weiterhin die geöffnete Schachtel in der Hand haltend, ließ er nach einem langen Blick zu Linda den Deckel zuschnappen und schob sie wieder unter das Bett. »Keine Antwort ist auch eine Antwort.« Er raufte sich die Haare. »Dass ich darauf nicht gleich gekommen bin. Du und deine verdammte Unabhängigkeit. Die bedeutet dir mehr als ich.« Mit einer Mischung aus Ärger und Verletztheit presste er die Lippen zu einer schmalen Linie aufeinander. »Es war ein großer Fehler, dass ich überhaupt gefragt habe, das sehe ich jetzt ein. Ich dachte, du bist reif genug für die Ehe, aber da hab ich mich offenbar getäuscht. Du willst dich nicht binden, sondern lediglich dein Vergnügen haben. Ich kann dir nur den einen guten Rat geben, Linda: Werd endlich erwachsen. Aber«, er stockte und fuhr dann fort: »Glaub ja nicht, dass ich so lange warte.«

»Wie meinst du das?« Bittere Tränen glitzerten in Lindas Augenwinkeln. Tony wollte ihr bewusst wehtun, so kannte sie ihn gar nicht.

»Ganz offensichtlich haben wir beide unterschiedliche Ziele und Lebensperspektiven. Unter diesen Umständen halte ich es für besser, wenn wir uns trennen.« Seine Stimme klang tonlos und kontrolliert.

Sie blinzelte die Tränen zurück, weil sie es kaum fassen konnte, was er da vorschlug. »Soll das heißen, du willst, dass wir Schluss machen?« Ihre Wangen brannten plötzlich vor Empörung. Dieser gemeine Schuft! Wollte er ihr etwa Schuldgefühle machen, indem er sie dafür abstrafte, dass sie aufrichtig zu ihm gewesen war? »Es mag durchaus sein, dass es ein wenig hart klingt, Tony, aber das ist meine ehrliche Meinung zu dem Thema. Und was machst du? Du benimmst dich wie ein verzogener Bengel, der seinen Willen nicht bekommt und deshalb schmollend abzieht.«

»Das sehe ich anders. Ich hab dir eine Frage gestellt, die mir auf der Seele brennt, und mir eine niederschmetternde Antwort eingefangen. Also, was soll's? Oder siehst du einen Sinn darin, eine … ähm … Beziehung aufrechtzuerhalten, nachdem wir beide unsere unterschiedlichen Erwartungshaltungen klargemacht haben?«

»Ja, aber …« Ihr versagte die Stimme. Was sollte sie ihm auch antworten? Sie wusste nur, dass es ihr schwerfallen würde, zu gehen und ihn dann nie mehr wiederzusehen. »Das alles tut mir sehr leid«, sagte sie matt.

Er zog die Schultern hoch und ließ sie frustriert wieder sinken, biss die Kiefer zusammen. »Es muss dir nicht leidtun. Vergiss es. Ich will kein Mitgefühl von dir.« Er atmete tief durch. »Du gehst jetzt besser.«

»Wie du willst, Tony.«

»Ich denke, es ist das Beste für uns beide«, brachte er mit zusammengekniffenen Lippen heraus. Er stand auf und glitt durch den Vorhang in den Wohnbereich, ließ sie allein auf dem Bett zurück.

Mit fahrigen Bewegungen stieg sie in ihre Sachen. Nachdem sie ihre Augen ein letztes Mal wehmütig durch das ihr inzwischen vertraute Zimmer hatte schweifen lassen, nahm sie ihre Tasche und ging. Schloss behutsam die Apartmenttür hinter sich.

Linda hatte nicht die Spur einer Ahnung, wie sie an jenem Abend nach Hause gekommen war. Irgendwann später lag sie in ihrem eigenen Bett und grübelte. Sobald sie an die schmerzvolle Abschiedsszene dachte, hämmerte ihr Herz gegen ihren Rippenbogen. Wenn sie die Augen schloss, sah sie im Geiste Tonys Gesicht vor sich. Seinen niedergeschlagenen Blick, die Enttäuschung, die sich in seinen Zügen abzeichnete. Das mit dem Heiratsantrag hatte er sich vorher bestimmt reiflich überlegt. Es schien ihm ein Herzensanliegen, den nächsten Schritt zu wagen und sich dauerhaft zu ihrer Beziehung zu bekennen. Und was hatte sie getan? Sie hatte ihn gnadenlos abblitzen lassen. Die Erkenntnis lag erdrückend wie ein Mühlstein auf ihrer Brust. Aber was hätte sie denn tun sollen? Lügen. *Ja* sagen, obwohl sie *Nein* meinte – oder bestenfalls ein diplomatisches *Noch-nicht*? Während sie sich brütend auf dem Laken wälzte, erkannte sie wie vom Blitz getroffen die Tragweite ihrer Entscheidung: Sie hatte Tony endgültig verloren. Ihre Lippen bebten unkontrolliert, derweil die Tränen unaufhaltsam über ihre Wangen strömten. Grundgütiger, sie wies es weit von sich, aber in Wahrheit wollte sie nur eins, und das war – nun, was denn?

Na ja, jedenfalls wusste sie, was sie nicht wollte. Mist, jetzt bekam sie zu allem Überfluss auch noch Kopfweh. Sie drehte sich auf die Seite, presste die Stirn auf das kühle Kissen. Schließlich sank sie in einen tiefen, traumlosen Schlaf.

# 13

Hi, du machst ja ein Gesicht wie zehn Tage Regenwetter! Immer noch traurig wegen Tony?«, rief Alison unbekümmert und fläzte sich neben Linda, die im Schneidersitz auf der Wiese vor ihrer Fakultät saß.

»Hi! Nein, mir geht's blendend«, erwiderte Linda eine Spur zu hastig.

»Du siehst aber gar nicht so aus«, stellte Alison messerscharf fest. »Was du brauchst, ist eine heiße Fete. Und ich weiß auch, wo heute Abend richtig was abgeht. Natürlich nur, wenn du Bock hast.«

Linda nötigte sich ein müdes Lächeln ab. »Ich glaub eher nicht. Momentan bin ich nicht in Partylaune.« Sie sah bestimmt zum zehnten Mal auf ihre Armbanduhr. Sein Flug würde in wenigen Augenblicken starten – mit dem Ziel Italien. Es hatte sie wahnsinnig viel Überwindung gekostet, nicht mehr bei ihm anzurufen. Sie hätte ihn gern zum Flughafen gebracht, ihm Lebewohl gesagt und viel Erfolg bei seinem Auslandsstudium gewünscht. Nach einer längeren Debatte mit ihren Eltern hatte sie die Idee jedoch verworfen. Sie hatten an jenem Abend in seinem Apartment einen sauberen Schlussstrich unter ihre Beziehung gezogen, und daran sollte sie nicht mehr rütteln.

Das Leben ging einfach weiter, philosophierte sie für sich, ganz egal, ob glücklich oder unglücklich. Warum nicht das Beste daraus machen und sich amüsieren? Schließlich war sie nicht ewig jung. Hastig ruderte sie zurück. »Okay, okay, wo steigt denn diese heiße Fete?«, wollte sie wissen.

»In Coogee, bei Perry King. Ich hol dich um acht ab.

Okay?«, schlug Alison vor und strahlte, als Linda zustimmend nickte.

Im Haus in der Lang Road am Centennial Park war alles ruhig, Linda war allein. Sie hatte eine Zeit lang wahllos durch die Fernsehprogramme gezappt und war dann barfuß in die Küche getappt. Hatte sich ein Glas Milch und ein paar Kräcker geholt und war damit in ihr Zimmer gegangen, wo sie eine Platte mit Rock-'n'-Roll-Hits aus den Fünfzigern auflegte. Sie war zwar nicht richtig müde, hatte aber auch keine Lust, ihre Nase in ein Buch zu stecken und für ihr Studium zu lernen. Um sich irgendwie zu beschäftigen, räumte sie ihre ringsum verstreuten Kleider und Schuhe weg – da es mit ihrer Ordnungsliebe nicht weit her war, würde sie damit wenigstens anerkennendes Lob von ihrer Mutter ernten.

Tony war jetzt fast drei Monate weg. Seitdem hatte sie es mit allen möglichen Ablenkungen probiert, um nicht mehr an ihn denken zu müssen. Sie ließ keine Party aus, hatte gelegentliche Dates, verabredete sich mit ihren Freundinnen, trotzdem konnte sie ihn nicht vergessen, so sehr sie sich auch bemühte. Er war fest in ihrem Herzen eingraviert.

Um sich auf andere Gedanken zu bringen, schnappte sie sich das Telefon und wählte Alisons Nummer. Niemand nahm ab. Dann versuchte sie es bei Kate und aus lauter Verzweiflung schließlich bei Harriet Meares. Wo steckten sie nur alle? Wieder mal auf irgendeiner Party? Aber doch bestimmt nicht wochentags, oder? Schließlich fiel ihr ein, dass für den Abend ein Vortrag über Modedesign und Marketing im Audimax angekündigt war. Wahrscheinlich waren ihre Freundinnen dort.

Sie selbst hatte sich nicht aufraffen können hinzugehen.

Linda setzte sich auf den Rand ihres Betts, gähnte und verputzte die restlichen Kräcker. Dann ließ sie sich zurücksinken, schloss die Augen und bedeckte sie mit einem Arm, weil das Licht von der Deckenbeleuchtung sie blendete. Sie döste ein und träumte von dem beschwingten Kostümball und von Tonys Eifersuchtsszene. Nach einer Weile liefen in ihrem Traum andere Bilder ab, eine beklemmende Wiederholung jenes Abends, an dem er ihr den Antrag gemacht hatte. Und, als wenn das nicht gereicht hätte, untermalt von ihren und Tonys Eltern, die mit Engelszungen auf sie einredeten, Ja zu sagen. Schweißgebadet schrak sie aus diesem Albtraum hoch. Sie musste an die Topasbrosche denken und an die hanebüchene Geschichte, die ihre Mutter ihr aufgetischt hatte.

Nach Lindas Meinung war das alles ein ziemlicher Haufen Mist. Wer glaubte denn im aufgeklärten zwanzigsten Jahrhundert noch an Hexerei und solchen Hokuspokus? Wie um ihre eigene Einschätzung zu bestätigen, beschloss sie, sich die Brosche noch mal genauer anzuschauen.

Sie lief in das Schlafzimmer ihrer Eltern, ging zum Frisiertisch und klappte den Deckel der Schmuckschatulle auf. Hob den Einsatz heraus und öffnete das kleine blaue Samtkästchen mit der hübschen, altmodisch anmutenden Brosche. Je länger sie das Stück jedoch betrachtete, desto faszinierter war sie davon. Ihr Großvater hatte ein kleines Kunstwerk geschaffen, räumte sie insgeheim ein. Der lupenreine Topas war von ausgesuchter Qualität und Schönheit. Und das war längst nicht alles. Obwohl sich ihre Vernunft dagegen sträubte, die Geschichte zu glauben, die sich laut ihrer Mutter um den funkelnden Stein rankte, ertappte Linda sich dabei, dass sie ihn geradezu ehrfürchtig bestaunte.

Neugierig geworden, hob sie die Brosche aus dem Futteral und wog sie in ihrer Handfläche. Begutachtete sie eine lange Weile. Es war bloß eine Brosche. Zweifellos sorgfältig gearbeitet, hatte sie für ihre Eltern gewiss sentimentalen Erinnerungswert, wie zuvor für ihre verstorbenen Großeltern. Aber mystische Kräfte? Bestimmt nicht. So etwas gab es in Tolkiens *Herr der Ringe* oder bei König Artus, in Sagen und Legenden, aber nicht im wirklichen Leben.

Unterbewusst streichelte sie mit ihrem Zeigefinger über die Brosche, fühlte die filigrane Silberarbeit und die kühle Oberfläche des geschliffenen Edelsteins. Die antike Formgebung inspirierte sie zu eigenen Entwürfen. Sie nahm die Brosche mit in ihr Zimmer, kramte ihren Zeichenblock hervor und begann mit einer Reihe von Skizzen.

Sie hatte den Topas schon einmal gezeichnet. Aber dieses Mal verbrachte sie geschlagene zwei Stunden damit, unterschiedliche Variationen des Schmuckstücks auf dem Papier zu verewigen. Bis sie ein komplettes Set entworfen hatte: Ohrringe, ein Armband, einen Anhänger, einen Ring und ein Collier mit Topassteinen in verschiedenen Größen. Schließlich, zufrieden mit ihren Kreationen, legte sie den Stift weg und betrachtete abermals die Brosche. »Danke«, flüsterte sie und fragte sich insgeheim, ob sie noch richtig tickte. Nachdem sie das gute Stück in Jennys Schmuckschatulle verstaut hatte, kehrte sie in ihr Zimmer zurück. Sie schob die Entwürfe in ihre Mappe, dabei fiel ihr Blick automatisch auf das erste, kürzlich von ihr angefertigte Skizzenblatt der Brosche: detailgenau, wenn auch nichts Umwerfendes. Plötzlich kam ihr ein Prospekt in den Sinn, der an der Uni verteilt worden war. Irgendwas mit internationalem Schmuckwettbewerb, exklusiv für junge Designer. Er steckte bestimmt noch in ihrer Umhängetasche, in der sie auch ihre Vorlesungsmitschriften aufbewahrte. Sie gähnte unbekümmert und verschränkte die Arme hinter dem Kopf. Sie würde sich den Flyer morgen vorknöpfen. Mal sehen, ob sich die Teilnahme an dem Wettbewerb überhaupt lohnte.

Linda tippte darauf, dass ihr die Zeichnungen bei schonungslos hellem Tageslicht längst nicht mehr so gut gefallen würden wie am Abend vorher. Sie entpuppten sich jedoch selbst bei kritischer Betrachtung als brillant. Fehlte nur noch der Flyer. O Schreck, wo hatte sie den Prospekt bloß hingepackt? Sie durchwühlte ihre Tasche, verstreute wahllos Notizen und Bücher auf dem ungemachten Bett, bis sie endlich das Gesuchte fand. Während sie die Teilnahmebedingungen für den Wettbewerb las, huschte ein Lächeln über ihre Züge. Diese Skizzen waren absolut ideal dafür! Und wenn sie in die engere Auswahl käme, würde sie zur Endausscheidung nach Paris eingeladen. Das wäre einfach genial!

Das erste Mal, seitdem sie und Tony miteinander Schluss gemacht hatten, von Euphorie beflügelt, schnappte sie sich Skizzenblock und Prospekt und stürmte in die Küche, wo ihre Eltern beim Frühstück saßen.

»Mum, Dad, was haltet ihr davon, wenn ich an diesem Wettbewerb teilnehme?« Sie zeigte ihnen die Skizzen, die sie am Abend zuvor gemacht hatte.

»Sie sehen toll aus«, rief Mike begeistert. »Mach da ruhig mit, Liebes.«

»Und wenn du eine gute Platzierung schaffst, hilft dir das nach dem Examen bei der Jobsuche.« Jenny war nicht minder enthusiastisch als ihr Mann, vor allem jedoch war sie heilfroh, dass Linda endlich wieder an irgendetwas Interesse zeigte. Ihre Tochter strahlte vor Optimismus und war wie früher ein richtiges Energiebündel.

»Ich weiß, das hab ich mir auch schon überlegt. Und eine Parisreise – das wär doch mal was! Zudem findet die Endausscheidung erst im nächsten Jahr statt, und dann bin ich fertig mit der Uni.«

»Das schreit nach einem ganz besonderen Frühstück. Was möchtest du? Und sag jetzt bloß nicht wieder: nur trockenen Toast«, meinte Jenny aufgeräumt.

»Okay, bevor ich mich schlagen lasse, nehme ich Rührei auf Toast.« Linda grinste. »Ach ja, übrigens, ich esse heute Abend auswärts. Ich hab ein Date.«

»Mit Tom, diesem netten jungen Mann?«, mutmaßte Jenny.

»Nein, den hab ich in die Wüste geschickt.« Linda schnaubte verächtlich. »Gary Swift hat mich zum Essen eingeladen. Er studiert Drama an der Schauspielschule. Und ist wahnsinnig cool.«

»Oh.« Jenny, die sich weitere Fragen versagte, drehte sich stirnrunzelnd zum Herd und briet Rührei. Das waren verdammt viele junge Männer! Seit Tonys Abreise gaben sie sich die sprichwörtliche Klinke in die Hand. Was wollte ihre Tochter sich damit beweisen?, überlegte sie scharf. Dass sie über die Sache mit Tony locker hinweg war oder jeden Mann haben konnte, der ihr gefiel? Linda beteuerte fortwährend, dass sie nur »ein bisschen Spaß haben wollte«, weshalb sie gelegentlich ausging. Ihrer Mutter schien es jedoch so, als müsste Linda sich unter allen Umständen selbst bestätigen, dass Tony nicht weiter wichtig gewesen war.

»Die Eier sind fertig«, rief Jenny ihrer Tochter nach, die mit ihrem Vater ins Wohnzimmr gegangen war. Was sollte sie sich großartig Sorgen um Linda machen? Sie hatte zwar eine schwere Zeit durchgemacht, aber sie war ein intelligentes Mädchen mit einem starken Selbsterhaltungstrieb und würde sich schon wieder fangen.

Die Musik in dem auf der zweiten Etage gelegenen Apartment in Bondi zerfetzte einem fast das Trommelfell, die Bude war verqualmt und so überfüllt mit Gästen, dass man kaum umfallen konnte. Das war bestimmt nicht die Art von Party, auf die Linda abfuhr, aber sie hatte Gary Swift blöderweise versprochen mitzukommen. Gary wiederum schien sich pudelwohl zu fühlen, zumal er etliche Leute von der Schauspielschule her kannte.

Die meiste Zeit stand Linda allein herum, während sich ihr Date in den schrillen Tumult stürzte. Vorübergehend kam sie ins Gespräch mit einem Mädchen namens Melanie, eine Illustratorin, die für eine Werbeagentur arbeitete. Sie hatte Ahnung von solchen Talentwettbewerben und erbot sich, Linda mit einer geschickten Präsentation ihrer Entwürfe zu unterstützen. Die beiden tauschten Telefonnummern aus, bevor ein bodygestylter Beau mit langen wilden Locken Melanie von ihr fortzerrte.

Um Mitternacht reichte es Linda. Sie war heiser, nachdem sie pausenlos die Musik und die anderen Gäste hatte überbrüllen müssen, zudem war das Büfett bescheiden – ein paar mickrige Häppchen, das war's dann. Der Nachschub von Hochprozentigem hatte ganz offenbar eine höhere Priorität. Sie hakte die Party unter »dumm gelaufen« ab und schob sich durch das Gewirr von leicht bekleideten Leibern zu Gary hinüber. Er hatte eine Alkoholfahne und schwankte kaum merklich, wie sie angewidert feststellte.

»Hi, Linda. Mann, super Party, was!«, lallte er mit schleppender Stimme. »Kann ich dir noch was hol'n, Schätzchen?«

»Nein danke. Ich möchte jetzt gehen. Ich muss nämlich morgen früh raus«, meinte sie. Was zwar nicht stimmte, ihn aber hoffentlich dazu bewog, sie schleunigst nach Hause zu bringen.

Er zog prompt eine Schnute. »Was? Jetzt schon? Die Party hat noch gar nich richtig angefang'n.« Er schlang einen Arm um ihre Taille und zog Linda an sich, drückte ihr einen feuchten Schmatzer auf den Nacken. »Nur noch 'ne Stunde, ja? Dann fahr ich dich.«

In einer Stunde würde er sich kaum noch auf den Beinen halten, geschweige denn Auto fahren können. »Ich möchte aber jetzt gehen, Gary«, insistierte sie. »Wenn du noch hierbleiben willst, bitte, tu dir keinen Zwang an. Das ist okay für mich. Dann nehm ich mir eben ein Taxi nach Hause.«

Er blinzelte sie eulenartig träge an. »Das kann ich nich zulassen, Schätzchen. Ist nich gen'lemanlike, 'ne Lady nich … nach Hause zu bring'n.« Er kämpfte mit einem Schluckauf. »Lass mir noch fünf Minuten. Will mich eben vom … Gastgeber verabschie'n.«

Die fünf Minuten dehnten sich zu einer halben Stunde, in der er noch ein paar weitere Gläser Bier tankte. Schließlich verfolgte Linda mit Skepsis, wie Gary durch das Treppenhaus und auf die Straße zu seinem Datsun-Sportwagen torkelte.

»Lass mich fahren, Gary«, erbot sie sich mit dem entsprechenden Nachdruck in der Stimme.

»Ich bin total nüchtern«, versicherte er großspurig. Er schaffte es nicht einmal, den Schlüssel in die Fahrertür zu stecken und aufzuschließen, und reichte ihr leise fluchend die Autoschlüssel. Grummelnd torkelte er zur Beifahrerseite. »Vielleicht besser, wenn du fährst«, knirschte er.

Die Fahrt von Bondi zum Centennial Park dauerte nach Mitternacht kaum zehn Minuten. Beide schwiegen, und Linda überlegte, ob er womöglich eingeschlafen war. Umso besser für sie. In seinem Zustand hätte er sowieso keinen vernünftigen Satz mehr herausgebracht.

Unversehens fiel ihr Tony ein. In den vergangenen Monaten hatte sie es bewusst vermieden, an ihn zu denken. Aber manchmal, so wie jetzt, wollte ihre Ratio einfach nicht kooperieren. Tony hätte sich bestimmt nicht so bescheuert benommen wie Gary. Ihr Begleiter hatte sie den ganzen Abend über wie Luft behandelt und sich volllaufen lassen. Dafür wäre Tony viel zu rücksichtsvoll gewesen. Sie hielt vor der Zufahrt zu ihrem Apartmenthaus und stellte den Motor ab, woraufhin Gary dummerweise wach wurde.

»Schon zu Hause? Scheiße, das ging aber flott.« Er drehte sich halb zu ihr, legte einen Arm lässig über die Rückenlehne und um ihre Schultern und streichelte mit der freien Hand ihr Knie. »Weißt du, du warst die geilste Braut auf der ganzen Fete.« Er neigte sich vor, drückte ihr einen flüchtigen Kuss auf die Wange. Umschloss mit der Hand ihr Kinn und drehte ihr Gesicht zu sich. »Ey, komm schon, Linda, nich so prüde. Sei mal ’n bisschen leidenschaftlicher.«

Als sie nicht reagierte und stocksteif dasaß, schloss sich seine Hand um ihren Nacken. Seine Lippen pressten sich auf ihre, nötigten ihr einen weiteren Kuss ab. Ob sie mitmachte oder nicht, schien ihm dabei gleichgültig, er interessierte sich ausschließlich für seine Libido. Sein Atem ging schwer, mit seinen Händen betatschte er hemmungslos ihren Körper. »Baby, du machst mich total an«, flüsterte er ihr rau ins Ohr. »Hier.« Er packte ihre Hand, drückte sie lüstern auf seinen Penis. »Siehst du? Also, was hältst du von 'ner heißen Nummer, Süße? Für gewöhnlich geh ich nich öfter als dreimal mit 'ner Maus aus, wenn sie bis dahin nich von selbst drauf kommt. Wir hatten schon fünf Dates.«

Seine brutale Umklammerung, die Alkoholfahne und die Unverblümtheit, mit der er Sex von ihr verlangte, erfüllten sie mit tiefem Ekel. »Lass mich los, du abscheulicher Klammeraffe!«, schrie sie. Und spürte seine Hände gleich widerwärtigen Tentakeln: Sie fummelten an ihren Brüsten, schoben ihren Rock hoch, derweil seine Lippen sich hungrig an ihren festsaugten. »Hör auf damit, Gary!« Als er ihre Aufforderung ignorierte, tat sie das einzig Vernünftige. Sie holte mit der Hand aus und verpasste ihm eine schallende Ohrfeige.

»Verdammt! Spinnst du eigentlich?«

Männer wie Gary hatten erhebliche Probleme damit, Niederlagen wegzustecken. Bevor er also durchdrehte – und das würde er zweifellos –, schnappte sie sich ihre Handtasche, die im Fußraum lag, fand den Türgriff, drückte die Autotür auf und sprang aus dem Wagen. Blitzartig stürmte sie die Auffahrt hoch.

»Verdammtes Weibsstück!«, brüllte er ihr durch die heruntergekurbelte Scheibe hinterher.

Ihr Herz raste, als sie den Schlüssel ins Schloss steckte, die Haustür aufdrückte und hastig hinter sich zuwarf. Sie lehnte sich dagegen, schloss die Augen und atmete mehrmals tief durch. Die Sache mit Gary Swift war für sie gelaufen. Ein für alle Mal abgehakt. Er war ein Loser wie die anderen Typen, mit denen sie in den letzten Monaten Dates gehabt hatte. Dabei versuchte sie doch bloß fortwährend, Tony zu vergessen und die Erkenntnis, wie gut sie zusammengepasst hatten. Schöner Mist! Sie blinzelte bittere Tränen fort, drückte das Rückgrat durch und stapfte die Treppe hinauf. Zum Teufel mit diesen Scheißtypen! Sie waren es einfach nicht wert, dass man sich über sie ärgerte. Linda nahm sich fest vor, Dates zukünftig ganz locker zu nehmen. Männer gab es schließlich wie Sand am Meer. Da brauchte man mit keinem mehr als einmal auszugehen – es sei denn, er hatte das gewisse Extra.

Melanie und Linda saßen bei den Westaways am Küchentisch und suchten die besten Schmuckentwürfe aus. Der Teilnahmeschluss für den Wettbewerb war in zwei Wochen. Folglich mussten die Einsendungen spätestens am dritten September in Paris sein, einen Tag nach Lindas dreiundzwanzigstem Geburtstag.

Die Topasbrosche, Lindas ursprüngliche Inspirationsquelle, stand in ihrer Samtschachtel auf dem Tisch. Sie hatte Melanie die Geschichte der Brosche erzählt: wer sie entworfen hatte, wie sie verloren gegangen und wieder aufgetaucht war und was die Inschrift bedeutete. Zu ihrer Verblüffung hatte Melanie sich darüber kein bisschen lustig gemacht. Vermutlich weil sie aus Osteuropa stammte und als kleines Mädchen von ihrer Großmutter Geschichten über die übersinnlichen Fähigkeiten der Zigeuner erzählt bekommen hatte.

»Du solltest deine Entwürfe mit einem Label versehen«, riet Melanie ihr. »Irgendetwas Wohlklingendes, Unverwechselbares, damit jeder merkt, dass es sich um was richtig Kultiges handelt.«

»Daran hab ich noch gar nicht gedacht.« Melanie hatte Recht, die Kollektion sollte einen unverwechselbaren Namen bekommen. »Wie wäre es mit *Gypsy-Kollektion*?« Melanie zog eine Grimasse. »Oder *True-Love-Kollektion*?«

»Klingt schon besser, aber ...«

»Okay, was ist mit *Rosemary-Kollektion*? Schließlich wäre die Topasbrosche ohne die angenommene Prophezeiung bloß eine stinknormale Brosche.«

»*Die Rosemary-Kollektion*. Das hat was, zumal du die Kollektion für sämtliche Sternzeichen fertigen kannst, indem du den entsprechenden Schmuckstein des Monats verwendest. Das kann der Verkaufshit werden, vorausgesetzt, du findest einen eingeführten Juwelier, der Interesse an den Vermarktungsrechten hat.«

»Ganz schön clever.« Linda strahlte sie über den Tisch hinweg an. »Weißt du, Gary Swift ist zwar ein Kotzbrocken, trotzdem bin ich im Nachhinein froh, dass er mich mit auf diese Party genommen hat. Sonst hätten wir uns nämlich nie kennen gelernt. Wenn ich damit groß rauskomme, lade ich dich in eins der angesagten Restaurants ein, ganz ohne Quatsch. Okay?«

Melanie grinste und schob die Zeichnungen zurück in die Mappe. »Ich nehm dich beim Wort, Linda.«

Linda machte ihr Examen, schrieb Tony eine Weihnachtskarte und besuchte am Neujahrstag dessen Eltern. Sie ging mit gemischten Gefühlen hin, gleichwohl empfingen die Vincentes sie wie eine verloren geglaubte Tochter. Sie umarmten sie, küssten sie auf beide Wangen und drängten darauf, dass sie zum Essen blieb. Dabei erfuhr sie, dass Tony sich in Florenz gut eingelebt hatte. Zudem erwähnten seine Eltern ganz beiläufig, dass er wohl noch keine neue Freundin habe.

Im Januar erfuhr sie, dass sie ihr Design-Diplom bestanden hatte. Die Verleihungsfeier sollte im April stattfinden. Auf Drängen ihres Vaters begann sie bei Westaways in der George Street, in dem alteingesessenen, noch von ihrem Großvater eingerichteten Juwelierladen. Ihr Vater war der Meinung, dass dies die optimale Gelegenheit sei, um das Geschäft von der Pike auf zu erlernen. Und Linda gab ihm Recht.

Tony Vincente schlenderte über den Ponte Vecchio, einen seiner Lieblingsorte in Florenz. Obwohl in den Wintermonaten weniger Touristen in die schöne historische Stadt kamen, war der Ort recht belebt. Ein kühler Wind wehte vom Fluss Arno herüber, und er grub die Hände tief in die Manteltaschen, während er achtlos die vielen Geschäfte passierte. Die Auslagen interessierten ihn nicht.

Er war auf dem Weg zu Bardi's Taverna, wo er sich mit Freunden von der Uni auf ein paar Drinks und ein vorgezogenes Abendessen treffen wollte. Die Taverne lag nicht weit weg vom Haus seines Onkels, wo er wohnte. Folglich lief er zu Fuß, statt seine Vespa zu nehmen, obwohl der Roller das geniale Fortbewegungsmittel in den engen Gassen und Straßen war.

Angesichts seiner italienischen Vorfahren war es ihm nicht besonders schwergefallen, sich mit dem Dolce Vita anzufreunden. Irgendwie bewunderte er das Leben in den italienischen Familien. Sein Onkel Giovanni legte sich weiß Gott nicht so krumm wie sein Vater. Marco Vincentes ständig expandierendes Bauunternehmen in Sydney erforderte dessen ganzen Einsatz. Um sich wenigstens etwas zu entlasten, hatte er deswegen vor Kurzem den jüngeren Sohn Nicky mit ins Boot genommen.

Alles in allem hatte Tony sich gut eingelebt, trotzdem vermisste er sein Zuhause. Auch das vertraute Sydney, aber am meisten fehlte ihm Linda. Er hatte sich unbeschreiblich über ihre Weihnachtskarte gefreut. Sie hatte sich einen festen Platz in seinem Herzen erobert, daran war nicht zu rütteln. Studieren half. In den vergangenen acht Monaten hatte er eine Menge über die Architektur der Renaissance gelernt. Ausgehen mit Freunden lenkte ebenfalls ab oder ein gelegentliches Date mit einer der rassigen jungen Italienerinnen. Trotzdem ließ Linda sich weder aus seinen Gedanken noch aus seinem Herzen vertreiben.

Er blies die Backen auf, als die Taverne in Sicht kam, und pustete auf seine kalten Hände. Ein bisschen Gesellschaft und ein paar Gläschen von seinem Lieblings-Chianti würden ihn bestimmt auf andere Gedanken bringen.

Es war Samstagmorgen, und Linda, die gerade die Post hereingeholt hatte, saß allein am Küchentisch und drehte einen Umschlag in den Fingern. Er war mit französischen Briefmarken frankiert und gestempelt. Ihr schwante bereits, was der Brief bedeutete: In wenigen Augenblicken würde sie es schwarz auf weiß haben, ob sie in die engere Wettbewerbsauswahl gekommen war oder nicht. Das Radio spielte nicht, im Haus war alles ruhig. Ihr Vater war mit ihrem Bruder Adam zum Golfspielen gefahren, ihre Mutter jätete Unkraut im

Gemüsegarten. Sie war eine begeisterte Hobbygärtnerin. Das Ticken der Küchenuhr kam Linda unerträglich laut vor, während sie bloß dasaß und den Umschlag anstarrte.

Einerseits hätte sie ihn gern geöffnet und den spannenden Moment schleunigst hinter sich gebracht; andererseits hatte sie Panik vor einer Enttäuschung. Schließlich fasste sie sich ein Herz und schlitzte seufzend das Kuvert auf.

*An Miss Linda Westaway*

*Das International Jewellery Competition Panel freut sich, Ihnen mitzuteilen, dass Ihr Entwurf mit dem Titel »Die Rosemary-Kollektion« unter die fünf Finalisten gewählt wurde. Mit getrennter Post folgen Ihre Reiseunterlagen für die am 2. Mai 1971 in Paris stattfindende Galapräsentation.*

*Wir gratulieren zu dieser Nominierung.*

*Mit freundlichen Grüßen*
*Jacques Nouveau*
*– Direktion –*

»Jacques Nouveau, Sie sind ein Schatz!«, rief Linda und strahlte vor Begeisterung. Sie drückte den Brief an ihre Brust. Sie und Melanie hatten sich noch am Vorabend über den Wettbewerb unterhalten und darauf getippt, dass daran bestimmt massenhaft Designer aus der ganzen Welt teilnahmen. Und ihr Entwurf hatte es unter die ersten fünf geschafft! Phänomenal! Unglaublich!

Sie sprang auf, rannte durch die Hintertür und die Stufen in den Garten hinunter. Den Brief in der Hand schwenkend, schmetterte sie lautstark zu ihrer Mutter, die in einem der Beete stand: »Mum, Mum, rat mal, was passiert ist! Deine Tochter fährt nach Paris!«

## 14

Auf dem Flug nach Paris mit einer Boeing 707 der Air France ertappte Linda sich dabei, dass ihre Gedanken statt um die Endausscheidung des Wettbewerbs, die am kommenden Abend stattfinden sollte, unentwegt um Tony kreisten. Während jeder Flugkilometer sie näher zu ihm brachte, schwirrten ihr eine Menge Fragen im Kopf herum. Hatte er sich in dem knappen Jahr sehr verändert? War er mit jemandem liiert? Und: Wäre es verrückt oder anmaßend, wenn sie ihn kurz anrufen würde, um Hallo zu sagen und sich danach zu erkundigen, wie es ihm ging? Schließlich war sie sozusagen in der Nähe – nur gut tausend Kilometer von Florenz entfernt. Sie verwarf die Idee gleich wieder. Sie war über die Geschichte mit Tony hinweg. Er hatte mit ihr Schluss gemacht, und der zeitliche Abstand hatte den bitteren Trennungsschmerz gemildert. Warum also in vernarbten Wunden herumstochern? Aber war die Wunde tatsächlich vernarbt?

Es war bestimmt nicht so, dass sie in ihn noch verliebt gewesen wäre. Sie fühlte sich zu ihm hingezogen und mochte ihn. Außerdem wollte sie ja bloß wissen, wie es ihm ging, immerhin waren sie ja noch Freunde. Deshalb hatte sie seine Mutter angerufen und sich seine Telefonnummer in Florenz geben lassen. Eine steile Falte schob sich zwischen ihre schön geschwungenen Brauen. Und wenn sie ihn anrief und er ohne ein Wort zu sagen wieder auflegte? Sie schüttelte den Kopf. Nein, das würde Tony niemals tun.

Später, als Linda ihren Koffer in dem Dreisternehotel Claude Bernard im Quartier Latin auspackte, überlegte sie hin und her. Sie lief mehrmals ans Fenster, von wo aus sie den Blick über die Dächer von Paris genoss und auf ein Teil von Notre-Dame. Sollte sie ihn nun anrufen oder nicht? Sie hängte das Carla-Zampatti-Modellkleid vorsichtig auf einen Bügel. Ihre Mutter hatte es ihr gekauft, für das Galadiner am folgenden Abend. Schwarze Crepe-de-Chine-Seide, figurbetont geschnitten und seitlich hoch geschlitzt, war es très chic für ihren Pariser Auftritt. Ihre Finger umschlossen eine rechteckige Samtschachtel. Die Topasbrosche solle ihr Glück bringen, hatte ihre Mutter gemurmelt und ihr das Schmuckstück schweren Herzens geliehen. Linda öffnete das Kästchen und betrachtete den durchschimmernden Stein mit dem weichen Feuer. Er war nicht ganz unschuldig daran, dass sie jetzt hier war. Plötzlich kam ihr ein Gedanke: War an dieser Glücksbringer-Geschichte womöglich doch was dran? Sie lächelte sanft und schloss den Deckel des Schmucketuis. Morgen Abend würde sie es wissen – so oder so.

Nachdem sie ihren Schlafanzug angezogen hatte, sank sie auf das breite Bett und glitt unter die Laken. Sollte sie Kontakt zu Tony aufnehmen oder nicht?, grübelte sie und entschied, die Sache noch eine Nacht zu überschlafen.

Mit Tony zu telefonieren war ganz so wie früher. Als Linda sich mit ihrem Namen meldete, merkte sie, dass er zunächst baff war vor Verblüffung.

»Linda! Hi. Hallo.« Pause. »Mensch, toll, deine Stimme zu hören.«

Danach plauderten sie eine geschlagene halbe Stunde. Sie erzählte ihm, dass sie in Paris war und was sie dort machte. Und wollte wissen, wie ihm Florenz gefiel und ob er sich gut eingelebt hatte. Wie es mit dem Studium lief und wie er seine Freizeit verbrachte. Er schilderte ihr in glühenden Farben das Campusleben an einer italienischen Uni und idyllische Ausflüge mit der Vespa, die er mit seinen Kommilitonen unternahm. Eine neue Flamme in seinem Leben erwähnte er mit keinem Wort, und Linda beließ es dabei. Offenbar war er noch solo. Sie hatte jedenfalls den Eindruck, als wollte er keine feste Beziehung eingehen.

»Wie lange wirst du in Paris bleiben?«

»Zehn Tage. Mehr kann ich mir nicht leisten. Paris ist nicht ganz billig.«

»Wenn ich das eher gewusst hätte, hätte ich vorbeigeschaut und dir an deinem großen Abend Händchen gehalten.«

»Echt süß von dir, aber ich pack das schon allein.« Das war der Tony, wie sie ihn kannte: zuvorkommend und feinfühlig.

Sie plauderten noch eine Weile, und er versprach ihr, sie am nächsten Morgen wieder anzurufen. Er sei genauso gespannt auf den Ausgang des Wettbewerbs wie sie, erklärte er.

Linda hatte sich für den Tag eine Menge vorgenommen. Sie stürzte sich in die typischen touristischen Aktivitäten, erkundete Paris auf eigene Faust und stellte fest, dass das Metrosystem seine Tücken hatte. Mehr als einmal erwischte sie die falsche Linie und landete woanders als geplant. Vor ihrer Abreise aus Australien hatte sie eine Liste der Sehenswürdigkeiten zusammengestellt, die sie sich unbedingt anschauen wollte, doch das war in dem knappen Zeitfenster unmöglich zu schaffen. Völlig erschöpft kehrte sie in ihr Hotel zurück. Sie nahm ein entspannendes Bad und stylte sich für die Präsentation im Hotel Plaza Athenee auf.

Da es sich um eine Auszeichnung mit hohem Prestigefaktor handelte, wurden weder Kosten noch Mühen gescheut. Um Punkt acht Uhr abends wurde Linda folglich von einem englisch sprechenden Franzosen abgeholt, der sie in das vornehme Restaurant des Hotels begleitete, das am Seineufer lag. Im Foyer erhaschte sie einen Blick auf die Entwürfe ihrer Konkurrenten, die ebenfalls dort ausgestellt waren. Der Wettbewerb genoss in der Fachwelt wahrlich ein hohes Ansehen. Im Restaurant lernte sie die übrigen Finalisten kennen: Einer kam aus New York, drei aus verschiedenen europäischen Staaten. Linda war die jüngste Teilnehmerin in der Runde, neben ihr gab es noch eine weitere Frau, eine ältere Designerin aus Brüssel.

Irgendwann im Laufe der Veranstaltung wünschte sie sich sehnlich, Tony wäre bei ihr. Sie hätte seine moralische Unterstützung gut gebrauchen können. Nervös spielte sie an der Topasbrosche herum, die sie am Ausschnitt ihres Kleides befestigt hatte. Verglichen mit dem Schmuck, den die anderen Gäste trugen, war dieses antike Stück extrem konservativ. Aber das kümmerte sie genauso wenig wie die Überzeugung ihrer Mutter, dass die Brosche ihr Glück bringen würde, auch wenn sich ihre Einstellung in dieser Hinsicht grundlegend gewandelt hatte. Inzwischen fand sie es schlicht grandios, dass sie etwas tragen durfte, was Teil ihrer Familientradition war.

Endlich war der Zeitpunkt für die Preisverleihung gekommen. Die Finalisten gaben sich nach außen hin gefasst und abgeklärt, Linda jedenfalls tat so, als würde sie dauernd an irgendwelchen Wettbewerben teilnehmen und Preise abschleppen. Einzig ihre Hände, die krampfhaft ineinander verschränkt auf der Tischplatte lagen, signalisierten ihre Anspannung.

»Angesichts einer Vielzahl außergewöhnlich guter Entwürfe hat sich das Komitee dazu entschieden, drei Arbeiten auszuzeichnen. Der dritte Platz geht an Monsieur Milo de Bruges«, verkündete Jacques Nouveau. »Den zweiten Platz belegt unsere jüngste Teilnehmerin, Mademoiselle Linda Westaway aus Australien.« Der New Yorker Designer hatte den ersten Preis gewonnen.

Ein junger Mann in Dinnerjacket und Smokinghemd schleppte die völlig perplexe Linda auf die Tribüne, wo die Preisrichter ihr einen Scheck und eine kleine Trophäe überreichten. Sie starrte auf das Meer von Gesichtern in dem weitläufigen, eleganten Speisesaal und rang um Fassung. *Der zweite Platz.* Damit hätte sie niemals gerechnet; sie konnte es kaum erwarten, zu Hause anzurufen und ihren Eltern die tolle Neuigkeit zu verklickern. Dad würde sehr stolz auf sie sein und ihre Mum zweifellos vor Freude weinen. Dann fiel ihr Tony ein. Sie fieberte darauf, ihm von ihrem Erfolg zu erzählen.

Nach dem offiziellen Teil verlief der weitere Abend wie ein schöner Traum. Linda konnte sich nur blass an die Details erinnern. Die anwesenden Gäste gratulierten ihr, Journalisten löcherten sie mit Fragen über ihr Privatleben und ihre Arbeit, ein Fotograf lichtete sie für eine Pariser Tageszeitung ab. Geschäftsleute, Juweliere, Topmanager drückten ihr Visitenkarten in die Hand und boten ihr die Möglichkeit einer Kooperation an. Kein Wunder, dass ihr Kopf Karussell fuhr!

Am späten Abend brachte man sie in ihr Hotel zurück, von wo aus sie als Erstes ihre Eltern anrief. Ihr Vater war am Telefon.

»Dad, ich bin's, Linda. Du wirst es nicht glauben! Die Rosemary-Kollektion hat den zweiten Platz gemacht.«

»Den zweiten Platz!« Die Müdigkeit aus Mikes Stimme war schlagartig verschwunden. »Das ist fantastisch, Liebes.«

»Der Wettbewerb war echt anspruchsvoll. Lauter spitzenmäßige Entwürfe. Ich hätte nie damit gerechnet, dass sie meinen auswählen.«

»Na, na, ich bin überzeugt, du hast es dir verdient. Ich hol schnell deine Mutter ans Telefon. Sie hat nämlich Bauchschmerzen vor Neugier, wie es bei dir gelaufen ist.«

Linda und ihre Mum plauderten geschlagene zehn Minuten lang, zumal Jenny alles bis ins kleinste Detail wissen wollte: wie glamourös der Saal und die Gäste gewesen waren und ob sie schon lukrative Jobangebote bekommen habe. Linda erzählte ihrer Mutter beiläufig, dass sie mit Tony telefoniert habe und dass er sie am nächsten Morgen wieder anrufen wolle. Sie fieberte diesem Telefonat geradezu entgegen. Es war zu schön, um wahr zu sein! Beinahe genialer als der renommierte Design-Preis.

Als sie schließlich müde und glücklich ins Bett fiel, wurde es draußen schon hell. Linda schlief auf der Stelle ein.

Sie wurde erst nach neun wach, und ihr erster Gedanke war, dass Tony nicht angerufen hatte. Merkwürdig, das hatte er ihr doch ganz fest versprochen, oder? Gähnend rieb sie sich den Schlaf aus den Augen, setzte sich im Bett auf und reckte sich. Und besann sich lächelnd wieder auf die Sensation des vergangenen Abends. Sie, das Küken, war Zweite geworden. Tony hatte bestimmt vergessen, sie anzurufen, überlegte sie. Also würde sie bei ihm anrufen. Was sich jedoch als frustrierend entpuppte, denn prompt hatte sie eine ältere Dame am Apparat. Seine Tante, tippte Linda. Da sie kein Wort Englisch sprach, konnte Linda nicht mal eine Nachricht hinterlassen.

Ihr leerer Magen meldete sich knurrend zu Wort. Sie hatte auf der Präsentation vor lauter Aufregung kaum einen Bissen hinunterbekommen und mithin einen Mordshunger. Sobald sie geduscht und sich angezogen hatte, fuhr sie mit dem Lift ins Parterre und steuerte den Frühstücksraum des Hotels an. Im Gang rief jemand ihren Namen, und sie blieb abrupt stehen.

»Linda!«

Einen Wimpernschlag lang stockte ihr das Herz. Bildete sie sich das bloß ein, oder war das tatsächlich Tonys Stimme gewesen? Als sie sich unschlüssig ins Halbprofil drehte, sah sie ihn. Er schritt auf sie zu, ein breites Grinsen im Gesicht. In einer Hand eine große Reisetasche, hielt er ihr die andere zur Begrüßung hin.

Sie blinzelte mehrmals, wie um sicherzugehen, dass sie nicht halluzinierte.

»Tony. Was zum …! Was machst du denn hier?« Ein euphorisierendes Kribbeln überlief ihre Wirbelsäule. Es war so lange her. Endlos lange! »Also, das ist ja eine Überraschung.«

»Ich wollte schon gestern Abend herfliegen, um dich zu deinem großen Auftritt zu begleiten, aber die Maschine war komplett ausgebucht. Ich komm direkt vom Flughafen.« Er setzte seine Tasche ab und umarmte sie zur Begrüßung. »Und? Wie ist es dir ergangen?«

»Ich hab den zweiten Platz gemacht«, sagte sie stolz. »Der Wettbewerb war super. Und ich hatte echt Glück!«

»Stell dein Licht nicht unter den Scheffel, Linda. Du bist eben ein großes Talent, und das hat die Jury erkannt.« Er schob seinen Arm unter ihren. »Du warst auf dem Weg in den Frühstücksraum, stimmt's? Dann komm. Dort können wir uns ungestört unterhalten.«

Er schob sie durch die Tür und an einen Fenstertisch, von wo aus sie den geschäftigen Boulevard überblickten. Die Überraschung war Tony wahrhaftig gelungen, überlegte Linda, während sie aus dem Fenster starrte und dabei versuchte, sich wieder halbwegs zu sammeln. Währenddessen kam die Kellnerin an ihren Tisch und legte zwei Gedecke auf. Draußen liefen Menschen in warmen Mänteln und dicken Schals vorbei, obwohl bereits Frühling war. Untermalt von gelegentlichen Hupkonzerten und einer Gruppe lärmender Kinder, die auf dem Weg zur Schule waren. Ein älterer Herr führte seine beiden Hunde aus. Sehr pariserisch, lächelte sie still in sich hinein. Genau so hatte sie sich das Leben in der Seine-Metropole vorgestellt, die Leichtigkeit des Seins war einfach phänomenal! Sie hätte die ganze Welt umarmen mögen.

»Okay, und jetzt erzähl mir alles«, sagte Tony. Seine Begeisterung war aufrichtig.

»Ich habe schon zwei Angebote für meine Entwürfe bekommen«, meinte sie. »Eins aus Belgien und das andere von einer italienischen Firma mit Sitz in Siena.«

Tony senkte den Blick in ihre topasschimmernden Augen. »Ich bin wahnsinnig stolz auf dich, Linda.« Er musterte sie intensiv. »Du bist irgendwie verändert.«

Er neigte den Kopf. »Ich weiß zwar nicht genau, was es ist, aber irgendwas ist anders an dir.«

»Ich bin älter geworden«, versetzte sie und schenkte ihm ein kesses Grübchenlächeln. »Und ich war vor der Reise extra noch beim Friseur.«

»Das meine ich nicht.« Er zuckte die Achseln. »Vielleicht liegt es auch daran, dass ich dich so lange nicht gesehen habe.«

»Ich bin immer noch baff, dass du von Florenz hergekommen bist, um mich wiederzusehen. Das ist echt süß von dir.« Und nicht nur das. Sie war überwältigt angesichts seiner Spontanität und Anhänglichkeit; was er alles auf sich genommen hatte, bloß um bei ihr sein zu können. Aber wieso erstaunte sie das bei Tony? Er hatte sich kein bisschen verändert. *Sie schon.* Die Erleuchtung traf sie wie ein Blitz aus heiterem Himmel: Sie war in der Zwischenzeit reifer und feinfühliger geworden und wusste die feinen Nuancierungen seines Charakters besser zu schätzen.

Er spülte einen Bissen Croissant mit einem großen Schluck Kaffee hinunter. »Ich wollte immer schon mal nach Paris, mir die Stadt anschauen«, meinte er, »da war das jetzt eine Supergelegenheit.« Er fixierte sie mit fragendem Blick. »Hast du heute was Besonderes vor?«

»Ich bin gegen elf mit den anderen Finalisten verabredet. Für ein offizielles Foto. Danach habe ich frei.«

»Hervorragend. Dann machen wir Paris unsicher.«

Die nächsten vier Tage und Nächte vergingen wie im Fluge. Sie besichtigten die Sehenswürdigkeiten und stürzten sich in das berühmt-berüchtigte Pariser Nachtleben. Es war wie früher, nur viel besser, denn nach den langen Monaten der Trennung sahen sie einander mit anderen

Augen. Tony fand, dass sie sensibler und verständnisvoller auf ihn einging als früher und innerlich gereift war. Seine Gefühle für Linda hatten eine neue Dimension erreicht, was er sich jedoch wohlweislich nicht anmerken ließ. Stattdessen behandelte er sie wie eine gute alte Freundin und strengte sich mordsmäßig an, dass sie eine himmlische Zeit verlebten. Sie sollte eine Fülle positiver Erinnerungen mit nach Hause nehmen. Obwohl ihm der Abschied bestimmt schwerfallen würde, sann er. Nachdem sie von der Aussichtsplattform des Eiffelturms mit dem Aufzug zu Boden geschwebt waren, fanden sie ein kleines Straßencafé, wo sie bei Kaffee und köstlichem französischem Gebäck neue Energie tankten, bevor sie den Louvre in Angriff nahmen.

»Soll ich dir mal was verraten? Mittlerweile glaube ich fast, dass ich mein hochgestecktes Pariser Sightseeing-Pensum tatsächlich schaffe. Das verdanke ich dir und deinem grandiosen Organisationstalent«, murmelte sie entwaffnend ehrlich, während sie ein Schlückchen von ihrem heißen Mokka schlürfte.

»Hab ich doch gern gemacht«, grinste er.

Es war ein milder sonniger Frühlingstag, und das weiche Licht zauberte schimmernde Reflexe auf sein Haar, verlieh seinen Augen ein intensives Strahlen, stellte Linda fest. Sie bemerkte, wie schön diese Augen waren. Wieso war ihr das nicht schon viel früher aufgefallen? Attraktiv hatte sie ihn schon immer gefunden, gleichwohl glimmte in seinen Augen ein faszinierendes Feuer, wenn er sie so wie jetzt aufmerksam und eindringlich fixierte. Sie musste sich selbst gegenüber einräumen, dass sie vieles an ihm nicht wahrgenommen hatte, und das, obwohl sie sich schon seit Langem kannten.

Welcher Mann würde beispielsweise alles stehen und liegen lassen und mal eben von Florenz nach Paris zu seiner Ex jetten, die gnadenlos auf seinen Gefühlen herumgetrampelt und ihn schwer enttäuscht hatte? Ganz davon abgesehen, dass er sich mächtig ins Zeug legte, um ihr eine schöne Zeit zu bereiten. Da waren die vielen Kleinigkeiten, die ihr an Tony auffielen und die ihn für sie einnahmen. Hatte sie dergleichen vorher nie bemerkt? War sie blind gewesen? Oder hatte sie die Trennung von Tony einfach gebraucht, um seine vielen guten Seiten erst richtig zu erkennen? Wie dem auch sei – inzwischen wusste sie sie zu schätzen.

Sie spürte ein seltsames Kribbeln in der Magengrube, gefolgt von einem glutheißen Schauer. Ihr wurde mit einem Mal heiß und kalt. Sie schlug die Augen nieder, verwirrt und ratlos. Was war denn plötzlich mit ihr los? Sie war verlegen und aufgeregt wie ein Schulmädchen – und weshalb? Wegen Tony! Heimlich beobachtete sie ihn, wie er den Parisführer studierte und sich auf der Straßenkarte den Weg zum Louvre einprägte. Er schien sich dessen nicht bewusst zu sein, welche Wirkung er auf Linda ausübte. Er machte sie nervös, unwahrscheinlich nervös, und verunsicherte sie vollkommen, ein Gefühl, das sie befremdete. Grundgütiger, aus heiterem Himmel stürmten Emotionen auf sie ein, die ihr völlig fremd waren. Ihr wurde schwindlig, und sie empfand leichte Panik, gleichzeitig genoss sie den Reiz des Unbekannten.

Es lag lediglich an der knisternden Erotik zwischen ihnen, versuchte sie sich einzureden. Immerhin war er ein ausnehmend attraktiver Mann, und sie waren seit fast vier Tagen ununterbrochen zusammen. Gleichwohl vermochte sie diese Begründung nicht zu überzeugen.

Nein, es war mehr als eine sexuelle Obsession. Plötzlich stockte ihr der Atem, ihre Hände begannen unkontrolliert zu zittern. O Schreck, weitaus mehr. Wie paralysiert fixierte sie seinen über den Stadtplan geneigten Schopf. Großer Gott, so etwas Verrücktes war ihr noch nie passiert: Sie hatte sich in Tony Vincente verliebt.

Das Blöde daran war, dass er ihre Beziehung abgehakt hatte und in ihr bloß eine gute Freundin sah. Vermutlich war es lediglich ausgleichende Gerechtigkeit, weil sie ihm vor Monaten den Laufpass gegeben hatte. Jetzt spürte sie nämlich hautnah, wie es war, wenn Gefühle und Befindlichkeiten verletzt wurden. Dass ausgerechnet ihr so etwas passieren musste! Sie hatte es bestimmt nicht darauf angelegt. Der Topas kam ihr in den Sinn. Konnte er …? Nein. Definitiv nicht, Punkt. Sie weigerte sich ganz entschieden, diesen Gedanken weiterzuspinnen.

»Komm, wir müssen uns beeilen, sonst haben wir nicht mehr viel von dem Museum«, meinte Tony. Er faltete den Stadtplan zusammen und stand auf. »Du hast deinen Kaffee noch nicht ausgetrunken.«

»Nöö, er ist kalt. Ich mag Kaffee nicht, wenn er kalt geworden ist.«

Er fasste ihre Hand. »Nicht weit von hier ist eine Haltestelle. Dort steigen wir in den Bus, der zum Louvre fährt.«

Ein warmes Prickeln strömte von ihrer Hand in die Armbeuge. Es war eine völlig neue Erfahrung! Wie so vieles andere, was sie mit ihm zum ersten Mal erlebte. Linda fiel es wie Schuppen von den Augen. Aber sie durfte nicht ihren Illusionen nachhängen, sondern musste sich beeilen, um mit seinem Tempo Schritt zu halten.

# 15

Tags zuvor war Linda von einem der Unternehmer angerufen worden, die ihr anlässlich des Festakts ihre Visitenkarten überreicht hatten. Signor Enzo Bernasconi aus Siena bot ihr eine Anstellung in seiner Firma an. Sie waren um zehn Uhr im Hotelfoyer verabredet, um über sein Jobangebot zu verhandeln. Nachher wollte Linda sich mit Tony treffen und den Tag mit ihm verbringen.

Sie und Signor Bernasconi fanden einen ruhigen Tisch in der Lounge, etwas abseits von der Bar, wo sie ungestört reden konnten.

Der Signor war ein schlanker, gepflegter Geschäftsmann, der sie mit italienischem Charme und höflichen Komplimenten zu umgarnen versuchte. »Signorina, Sie schweben sicher noch auf Wolke sieben nach Ihrem Erfolg. Ihr Design wie auch das Konzept waren sehr beeindruckend.«

»Danke.«

»Das ist genau der Stil, wie unser Haus ihn pflegt.« Er präsentierte ihr einen Ordner mit Skizzen diverser Schmuckstücke, den sie aufmerksam durchblätterte. »Ich darf Sie doch Linda nennen, oder?« Als sie nickte, kam er lächelnd zum Kern der Sache. »Sie können sich sicher denken, warum ich Sie um diese Zusammenkunft bat. Mein Unternehmen ist ständig auf der Suche nach begabten Designern. Wir agieren in einem stark konkurrierenden Wettbewerbsumfeld und versuchen immer, der Konkurrenz einen Schritt voraus zu sein, indem wir junge Leute mit neuen, innovativen Ideen fördern. Das ist der kleine, feine Unterschied zwischen wirtschaftlichem Überleben und kreativem Eliteanspruch.« Er zuckte theatralisch mit den Schultern. »Sie sind ein solch aufstrebendes Talent, exakt das, was meine Firma sucht.«

»Es ehrt mich, Signor, dass Sie an mich gedacht haben, aber ich muss Sie leider enttäuschen. Ich habe in Sydney einen Job.«

»Das ist mir bekannt. Ich habe meine Hausaufgaben gemacht und bin bestens informiert, was Ihre Person betrifft, Linda. Ich weiß auch, dass Sie eine der Schmuckfilialen Ihres Vaters leiten. Meine Firma bietet Ihnen einen Einjahresvertrag an. Während dieser Zeit entwerfen Sie exklusiv für uns, mit der Option einer Vertragsverlängerung um weitere zwei Jahre, vorausgesetzt natürlich, Siena mag Ihr Design und Sie mögen die Stadt.« Er machte eine Kunstpause, damit Linda das Gesagte auf sich wirken lassen konnte. »Wir bieten Ihnen ein attraktives Gehalt – im Klartext: ein Drittel mehr, als Sie derzeit verdienen, und ein Apartment in Siena zu einem Spottpreis. Er grinste selbstgefällig. »Das hört sich doch gut an, oder?«

»Es klingt sehr verlockend, Signor, aber ich brauche auf jeden Fall noch ein bisschen Bedenkzeit. Ein Umzug nach Italien ist eine große Herausforderung und will reiflich überlegt sein.« Insgeheim war sie leicht geschockt über sein großzügiges Angebot. Die meisten jungen Designer hätten den Job mit Kusshand genommen, und sei es auch nur, um Berufserfahrung zu sammeln oder um gewisse Gestaltungsfreiräume zu haben. Linda musste sich jedoch erst an den Gedanken gewöhnen. Sie fühlte sich unbehaglich bei der Vorstellung, so weit weg von zu Hause in einem ihr völlig unbekannten Umfeld kreativ zu werden.

»Aber natürlich, natürlich.« Er gestikulierte fahrig mit den Händen. »Dafür habe ich volles Verständnis. Kommen Sie doch einfach unverbindlich nach Siena, und schauen Sie sich unser Unternehmen und den Showroom an. Ich bin sicher, das würde Ihnen die Entscheidung erleichtern. Meine Firma übernimmt selbstverständlich die Reisekosten.«

»Das ist sehr nett, aber leider zeitlich nicht machbar. Ich fliege in Kürze nach Australien zurück«, antwortete Linda ausweichend. Ihr war klar, dass Signor Bernasconi nicht locker lassen würde, bis sie auf sein lukratives Angebot einging. Eigentlich hatte sie sich ja auch fest vorgenommen, nach ihrem Universitätsabschluss viel zu reisen. Und wenn sie in Italien leben würde, könnte sie eine Menge von Europa sehen. Außerdem war Siena nicht weit weg von Florenz und von Tony …

»Nun, mein Angebot steht für die nächsten zwei Wochen. Denken Sie inzwischen in aller Ruhe darüber nach, Linda.« Er schob ihr über den Tisch eine weitere Visitenkarte zu. »Wenn Sie sich entschieden haben, rufen Sie mich an.« Er grinste gewinnend. »Ich hoffe, Ihre Antwort ist positiv.«

Kurz darauf verabschiedeten sie sich voneinander. Als Tony eine halbe Stunden später in Lindas Hotel kam, um sie abzuholen, sprudelte sie in ihrem Mitteilungsdrang fast über.

»Das klingt alles sehr vielversprechend«, bekannte er. »Trotzdem kann man heutzutage nicht vorsichtig genug sein. Weißt du was, ich rufe meinen Onkel an. Er verfügt über weitreichende Geschäftskontakte in Siena. Und kann bestimmt herausbekommen, ob der Job bei der Siena Jewellery Company nicht bloß vorgeschoben ist. Womöglich will dieser Signor Bernasconi etwas ganz anderes von dir.«

Sie musste über seine typisch männliche Skepsis lachen. »Ganz bestimmt nicht. Trotzdem danke. Wenn dir dann wohler ist.« Insgeheim wertete sie es als ein positives Signal, dass er sich ihretwegen sorgte. Sie nahm immer wieder neue, positive Seiten an ihm wahr, die sie früher für selbstverständlich genommen hatte.

»Mach ich doch gern.« Er stand auf und zog sie von ihrem Stuhl hoch. »Hoffentlich hast du bequeme Schuhe angezogen, denn wir werden uns heute eine Menge Interessantes in Paris anschauen.«

»Dann mal los!« Sie schenkte ihm ein strahlendes Lächeln.

Ein ausgedehntes heißes Bad linderte Lindas höllischen Muskelkater. Nachdem Tony sie den ganzen Tag von einer Sehenswürdigkeit zur nächsten geschleift hatte, war sie völlig k. o. – aber glücklich! Das Zusammensein mit ihm war himmlisch. Die Dinge mit den Augen des anderen wahrzunehmen gab dieser Reise ein besonderes Flair, so dass sie sich stets an die schönen und intensiv erlebten Momente mit ihm erinnern würde.

Sie hatten früh zu Abend gegessen und sich vor nicht einmal einer Stunde getrennt. Und jetzt saß sie in dem duftenden Schaumbad und träumte vor sich hin, während ihre Gedanken zu ihm spazierten.

Linda trocknete sich ab und zog ihren Bademantel an. Dann legte sie sich auf das Hotelbett und starrte an die Zimmerdecke. Sie war zwar körperlich geschafft, aber nicht so richtig müde, um schlafen zu können. Während sie sich gemeinsam die schönsten Flecken von Paris angeschaut hatten, hatten sie und Tony ausgiebig darüber diskutiert, was für das Jobangebot in Siena sprach oder ob sie lieber die Finger davon lassen sollte. Seine Argumentation schwirrte ihr im Kopf herum. Und sie dachte an die überwältigenden Gefühle, die sie für ihn empfand und die mit jedem Tag intensiver wurden.

Wenn sie bloß wüsste, wie er zu ihr stand: Ob er noch irgendwelche tieferen Regungen für sie empfand? Schwer zu sagen. Oberflächlich betrachtet, fand sich dafür kein Hinweis. Er benahm sich wie ein guter Freund, dem die gemeinsamen Ausflüge mit ihr großen Spaß machten. Vor einem knappen Jahr hatte er ihr seine Liebe offenbart und sie gefragt, ob sie ihn heiraten wolle. Ob sich seine Liebe nach der Trennung zwangsläufig in Freundschaft verwandelt hatte? Was für eine grausame Wendung des Schicksals, nachdem sie jetzt lichterloh für ihn entbrannt war. Sie liebte ihn mit jeder Faser ihres Herzens, und – Schreck lass nach – sie begehrte ihn. Und die Ungewissheit, ob der Funke bei ihm nicht vielleicht doch wieder überspringen würde, brachte sie fast um. Für gewöhnlich hatte sie sich und ihr Gefühlsleben ausgezeichnet im Griff, aber bei Tony schwand ihre Selbstkontrolle wie Eiskristalle in der Sonne. Ein Glück, dass er davon nichts ahnte!

Es mochte absurd klingen, aber Linda fand es erregend und zermürbend zugleich. Von einer Minute auf die nächste schwankte ihr Gemütszustand zwischen himmelhoch jauchzend und zu Tode betrübt. Was sollte sie bloß machen? Am besten gar nichts. Wenigstens noch nicht. Erst mal abwarten und die Dinge auf sich zukommen lassen.

In ihre Selbstanalyse versunken, fuhr sie erschrocken zusammen, als das Telefon neben ihrem Bett auf dem Nachttisch klingelte. Sie blinzelte im abendlichen Dämmerlicht auf die Neonziffern ihres Reiseweckers: Viertel vor neun. Wer mochte das um diese Uhrzeit sein? Tony vielleicht?

»Hallo?«

»Mam'selle Westaway?« Die Frau betonte ihren Nachnamen mit einem starken französischen Akzent. »Tut mir leid, dass ich Sie um diese Uhrzeit noch störe. Mein Name ist Gabrielle Rochefort. Ich bin Journalistin und arbeite für La Belle, die zweitgrößte französische Frauenzeitschrift. Unser Verleger bat mich, an Sie heranzutreten wegen eines Interviews für unser Magazin.«

»Ein Interview? Wieso ausgerechnet mit mir?«

»Wegen Ihrer erfolgreichen Teilnahme an dem internationalen Schmuckdesign-Wettbewerb. Ihr Erfolg ist ungewöhnlich angesichts Ihres Alters. Mein Verleger ist überzeugt davon, dass unser Lesepublikum darauf brennt, mehr über Sie zu erfahren, was für ein Typ Sie sind und was Sie zu Ihren fabelhaften Entwürfen inspiriert hat. Unsere Leser und Leserinnen lieben Erfolgsstorys.«

»Das ist sehr schmeichelhaft für mich.«

»Es entspricht der Realität, Mam'selle. Meine nächste Frage wäre, haben Sie Lust und wann hätten Sie Zeit für mich? Ich muss das Interview spätestens diesen Freitag fertig getippt haben, je eher, desto besser. Wie wäre es mit morgen?«

Das war ausgerechnet Tonys letzter Tag in Paris. Den hatten sie natürlich schon voll verplant. »Morgen ist schlecht«, meinte sie gedehnt. »Da habe ich schon etwas vor.«

Gabrielle blieb hartnäckig. »Ich brauche wirklich nur eine halbe Stunde Ihrer knapp bemessenen Zeit. Ich bringe einen Fotografen mit. Wie wäre es vielleicht irgendwann am Spätnachmittag?«

Am Spätnachmittag, im Anschluss an ihre Sightseeingtour, wollte Tony mit ihr zum Abendessen ausgehen und anschließend in die Folies Bergères – ein krönender Abschluss an seinem letzten Abend in Paris. Linda gab zähneknirschend nach. »In Ordnung. Sagen wir um halb fünf in meinem Hotel? Wir treffen uns an der Bar, ja?«

»Absolut perfekt. Also dann bis morgen, Mam'selle. Ich wünsche Ihnen noch einen angenehmen Abend. Bonne nuit«, flötete Gabrielle und hängte auf.

Linda legte den Hörer auf und strahlte. Ein Bericht in einem französischen Frauenmagazin und zig Artikel in den Tageszeitungen! Nicht übel! Sie war regelrecht gespannt darauf, was Tony und ihre Eltern dazu sagen würden.

»Wenn ich nach Australien zurückfliege, bin ich bestimmt topfit«, sagte Linda. Sie sank auf einen Korbstuhl vor einem der Straßencafés in der Umgebung von Notre-Dame. Das dauernde Treppensteigen, die kilometerlangen Fußmärsche durch Parkanlagen und Museen sowie die Spaziergänge zu irgendwelchen berühmten Monumenten schlugen sich positiv in einer Superkondition nieder.

»Nicht nur du«, räumte Tony ein.

Ein Kellner kam an ihren Tisch, und sie gaben ihre Bestellung auf. Heiße Schokolade für Tony und einen Cappuccino für Linda, dazu Schokoladeneclairs.

»Und, bist du nervös wegen des Interviews heute Nachmittag?«

»Ein wenig. Es ist immerhin mein erstes«, gestand

sie. »Hab ich dir eigentlich schon mal gezeigt, was mich letztlich zu dem Entwurf der Rosemary-Kollektion inspiriert hat?« Als er den Kopf schüttelte, kramte sie in ihrer Schultertasche und fischte das kleine blaue Samtetui heraus. »Das Ganze klingt ziemlich verrückt. Mum erzählte mir vor einiger Zeit die Geschichte von diesem Familienerbstück. Schätze mal, dass mich die Brosche deshalb fasziniert, nicht zuletzt freilich auch, weil mein Großvater sie entwarf. Eines Abends, als ich sie lange und intensiv betrachtete, hatte ich plötzlich die Idee zu einer Schmuckkollektion, die auf dem Topas basiert.«

Er öffnete das Etui und betrachtete die Brosche. »Sie ist«, sinnierte er laut, »außergewöhnlich«. Nach einer Weile schloss er den Deckel und schob die Schachtel neben die Zuckerdose, die auf dem Tisch stand.

Linda fuhr fort: »Tja, und nachdem ich einmal angefangen hatte zu zeichnen, blendete ich die Details der Topasbrosche nach und nach aus und ließ meine Fantasie spielen. Trotzdem war die Brosche der Auslöser – damit fing praktisch alles an.«

»Die Journalistin findet das bestimmt ungeheuer spannend«, erklärte er. »Erzähl es ihr und zeig ihr die Brosche. Steck ihr auch das mit dem Jobangebot in Siena. So was beeindruckt die Leser.«

Sie war sich weiterhin unschlüssig, ob sie den Job in Siena annehmen sollte. Mittlerweile hatte sie mit ihren Eltern gesprochen, die diesen Schritt befürworteten. Linda seufzte. Die Entscheidung wäre ihr wesentlich leichter gefallen, wenn es noch einen Funken Hoffnung gegeben hätte, dass Tony sich noch zu ihr bekannte. So, wie es jetzt zwischen ihnen lief, fand sie die Vorstellung unerträglich, zwölf lange Monate in Italien zu verbringen in dem deprimierenden Wissen, dass er nur ein paar hundert Kilometer von ihr entfernt lebte. Sie fand es toll, wie rührend er sie unterstützte. Andere Männer wären womöglich neidisch auf ihren Erfolg gewesen, aber nicht Tony. Er ermutigte und bestärkte sie; wieder etwas, was sie an ihm schätzte. Andererseits hatte sie in der ganzen Zeit, die sie gemeinsam in Paris verlebt hatten, nicht den kleinsten Hinweis darauf bekommen, dass er sich sonderlich stark zu ihr hingezogen fühlte. Oder gar in sie verliebt war. Es war höchst frustrierend! Bevor sie nach Paris gekommen war, war das Leben himmlisch einfach gewesen. Jetzt war es kompliziert ohne Ende. Nein, das stimmte so auch wieder nicht.

»Dass du nervös bist, ist nicht weiter tragisch«, sagte Tony gerade. »Du machst deine Sache bestimmt gut, davon bin ich überzeugt.«

Linda japste erschrocken auf. Das Interview, schoss es ihr blitzartig durch den Kopf. Mit einem Mal überlief es sie siedendheiß. Er sprach von dem Interview, und sie hockte neben ihm und verstieg sich in gefühlsduseligen Grübeleien. Sie blickte auf ihre Armbanduhr: Es war viertel nach vier. »Grundgütiger! Das Interview. Das hatte ich völlig verdrängt. Wir sind etliche Blocks vom Claude Bernard entfernt. Verdammt, ich komme viel zu spät.« Ärgerlich – sie verabscheute es, sich zu verspäten – schnappte sie sich ihre Schultertasche und sprang vom Stuhl auf. »Ich ruf mir ein Taxi.« Sie hauchte Tony einen Luftkuss zu. »Wir sehen uns um sieben, zum Abendessen. Okay?« Sie stürmte zur Bordsteinkante, winkte aufgeregt einem vorbeifahrenden Taxi.

Tony, der beobachtete, wie sie sich ins Zeug legte, grinste amüsiert. In ihrer Hektik erinnerte sie ihn an ein aufgezogenes Spielzeug, das von einer in die andere

Richtung lief. Er sah sie in ein Taxi steigen und ihm im Vorbeifahren fröhlich zuwinken. Er schüttelte den Kopf. Ihre Sprunghaftigkeit und Quirligkeit waren herzerfrischend. Das liebte er so an ihr. Und, ja, er liebte sie noch immer, vielleicht sogar mehr als früher, gestand er sich selbst ein. Er versuchte schon seit Tagen, seine tiefen Empfindungen zu leugnen, aber es klappte nicht. Sicher, er hatte ihr glaubhaft vorgespielt, dass er sie bloß aus alter Freundschaft in Paris besuchte und weil sie schöne Erinnerungen miteinander verbanden. In Wirklichkeit jedoch war er spontan hin und weg gewesen, als er ihre Stimme am Telefon gehört hatte. Und hatte sie einfach wiedersehen müssen, wenngleich er wusste, dass er damit bittersüße Erinnerungen heraufbeschwor.

Und da war noch etwas. Seit ihrer Trennung schien sie ihm noch bezaubernder und liebenswerter. Inzwischen war sie reifer und erwachsener geworden, eine eigenständige Persönlichkeit, die kleinste emotionale Nuancen registrierte, über die sie früher locker hinweggegangen wäre. Die schlichte Vorstellung, dass sie heute Abschied nehmen mussten, brach ihm fast das Herz. Und er hoffte inständig, dass er sich mit eiserner Selbstdisziplin über den Abend würde retten können.

Als er die Brieftasche aus seinem Sakko zog und die Rechnung bezahlte, fiel sein Blick auf das mit blauem Samtvelours überzogene Etui. In ihrer Eile wegzukommen, hatte Linda vergessen, es einzustecken. Sie hatte es zu dem Interview mitnehmen wollen, um der Journalistin die Brosche zu zeigen. Immerhin war das Schmuckstück die Inspiration für ihre preisgekrönten Entwürfe gewesen. Er griff nach der Schachtel, öffnete sie und nahm den Topas noch einmal heraus, um ihn genauer in Augenschein zu nehmen. Merkwürdig, der Stein hatte etwas an sich, was einem … Er gab sich mental einen Ruck. Mach dich nicht lächerlich, Tony, kritisierte er sich. Es war bloß eine Brosche. Er steckte sie auf das Samtpolster zurück, schloss das Kästchen und ließ es in seine Jackentasche gleiten. Keine Frage, er würde es ihr bringen müssen, weil sie den Topasschmuck für das Interview brauchte. Wenn sie feststellte, dass sie ihn nicht dabeihatte, würde sie bestimmt in Panik geraten. Sie hing an der Brosche, die ihre Mutter ihr schweren Herzens geliehen hatte. Im Übrigen hatte sie ihrer Tochter eingeschärft, wie ein Luchs darauf aufzupassen. Wenig später stand Tony ebenfalls am Straßenrand und winkte hektisch gestikulierend. Auf der Suche nach einem freien Taxi, was im Berufsverkehr reine Glücksache war.

Laut hupend und mit quietschenden Reifen steuerte endlich ein Taxi die Bordsteinkante an. Während der Fahrt waren Tonys Gedanken ausschließlich auf Linda konzentriert. Sie war zweifellos reifer geworden und sah vieles mit anderen Augen. Aber war sie inzwischen auch so weit, dass sie tiefe Gefühle für einen anderen Menschen – für ihn – entwickeln konnte? Sollte er es riskieren, seine eigenen Empfindungen zu enthüllen und ein zweites Mal brüskiert zu werden, indem er ihr seine Liebe bekannte? Er schwankte. Einerseits hätte er gern alles auf eine Karte gesetzt, um zu sehen, wie sie reagierte, andererseits signalisierten ihm alle seine Selbstschutzmechanismen, es nicht zu tun.

Er stieg aus, bezahlte den Fahrer und warf einen hastigen Blick auf seine Armbanduhr. Zwanzig vor fünf. Das Interview lief bestimmt schon, und Linda hatte inzwischen festgestellt, dass sie ohne die Topasbrosche losgezogen war. Er durcheilte das Hotelfoyer in die Barlounge, die sich links von der Rezeption befand. Am Bartresen saßen ein paar Gäste, die ihren Drinks zusprachen. Er entdeckte sie in einer Sitzecke an der rückwärtigen Wand. Linda war allein und wühlte fahrig in ihrer Schultertasche herum, ohne das gute Stück jedoch zu finden. Sie blickte ratlos auf, sah dann Tony auf ihren Tisch zukommen. Als er das Etui durch die Luft schwenkte, sprang sie auf und lief ihm strahlend entgegen.

Sie umarmte ihn stürmisch und drückte ihn an sich. »Gott sei Dank! Du hast mir das Leben gerettet!«, japste sie. Sie war den Tränen nahe. »Ich dachte schon, ich hätte sie verloren.« Erleichtert und dankbar küsste sie ihn.

Mit ihrem temperamentvollen Gefühlsausbruch überfuhr sie ihn dermaßen, dass sein Körper spontan reagierte. Tony schmiegte sich an sie, beseelt von dem himmlischen Gefühl, sie wieder in seinen Armen zu spüren. Was soll's? Lass dich einfach fallen, beschwor ihn eine innere Stimme. Was war schon dabei, ihren Kuss leidenschaftlich zu erwidern? Ihre Reaktion war Enthüllung und Eingeständnis zugleich. In ihrer zärtlichen Umarmung steckte mehr als Erleichterung und Dankbarkeit: Sie hielt ihn eng umschlungen, als wollte sie ihn nie wieder freigeben. Woraus er schloss, dass sie mehr für ihn empfand als tiefe Freundschaft. Anders konnte, durfte es nicht sein! Er bog den Kopf zurück, senkte seinen Blick in ihren und entdeckte, was er sich seit Langem glühend ersehnte: Augen voller Liebe.

»Oh Linda.« Er küsste sie erneut, mit feuriger Leidenschaft. Was kümmerte es ihn, dass die Gäste an der Bar sie süffisant schmunzelnd beobachteten?

»Ich bin vorhin darüber informiert worden, dass die

Journalistin sich verspäten wird. Sie ist im dichten Verkehr stecken geblieben. W ... wir setzen uns besser wieder hin«, flüsterte sie, als er sich schließlich aus ihrer Umarmung löste. »Die Leute starren uns an.«

»Lass sie doch starren«, meinte er mit einem breiten Grinsen, bevor er sich gehorsam neben sie setzte und einen Arm um ihre Schultern schlang. Mit der anderen Hand fasste er ihre. »Ich liebe dich, Linda Westaway«, bekannte er. »Ich hab nie aufgehört, dich zu lieben. Das ist der eigentliche Grund, weshalb ich nach Paris gekommen bin. Ich musste dich einfach wiedersehen.« Ihre Blicke verschmolzen miteinander, und Linda errötete verlegen. »Wann hast du ...«

Sie schenkte ihm ein bezauberndes Lächeln. »Ich weiß nicht mehr genau. Über Monate hatte ich das dunkle Gefühl, dass mir etwas fehlte im Leben, aber ich hatte keine Ahnung, was. Dann kamst du nach Paris, und mir wurde vieles klar. Bevor wir zum Louvre fuhren, hab ich dich heimlich beobachtet, während du die Straßenkarte studiert hast. Da traf mich die Erkenntnis wie ein Blitz aus heiterem Himmel: Ich war in dich verliebt.« Sie küsste ihn auf die Wange. »Ich konnte mir absolut keinen Reim darauf machen, wie es bei dir damit stand. Du warst immer so reserviert und auf Distanz, dass ich annahm, dass von deiner Seite her nur Freundschaft im Spiel war.«

Ein Kichern entfuhr seiner Kehle. »Ich wollte dich mit meinen Empfindungen nicht behelligen.«

»Ich habe Nehmerqualitäten. So schnell schockiert mich nichts.«

Er legte den Kopf schief. »Das wollen wir doch mal sehen.« Er holte tief Luft und setzte hinzu: »Und was hältst du vom Heiraten?«

Linda runzelte in gespieltem Ernst die Stirn, als müsste sie sich das noch reiflich überlegen. »Ich bin zu jeder Schandtat bereit«, meinte sie kurz darauf und zwinkerte ihm zu, »falls mir jemand einen offiziellen Antrag macht, meine ich.«

»Ah, tatsächlich?« Er grinste aufgeräumt. »Linda Westaway, willst du meine Frau werden?«

Ihre Antwort kam wie aus der Pistole geschossen: »Ja.«

Linda spähte zu dem samtbezogenen Etui hinüber, das vor ihnen auf dem Tisch stand. Logik hin, gesunder Menschenverstand her, inzwischen war sie hinlänglich davon überzeugt, dass der Brosche magische Kräfte innewohnten. Schließlich hatte der Topas sie und Tony wieder zusammengebracht. Ob durch einen geschickten Zufall, eine Schicksalsfügung oder höhere Bestimmung, war das wichtig? Zweifellos hatte der funkelnde, edel gefasste Stein ihrer Mutter und ihrer Großmutter Glück gebracht. Und jetzt bewies sich sein geheimer Zauber aufs Neue, indem er Linda die große Liebe schenkte.